蜜色政略結婚
～不器用領主の妻迎え～

Shinju Akino
秋野真珠

Illustration

潤宮るか

CONTENTS

序章　始まりの布陣

平原と森の境界に、向かい合う者たちがいた。

ずらりと並ぶそれらは、勇ましさを表すように武装した集団にしか見えなかった。

戦う前の兵士と呼んでも不思議でない彼らの様子は、武器にこそ手をかけていないものの、緊迫した空気があった。

双方、四、五十人ほどの人数が向かい合っている。

森を背にしている者たちは、似通ったマントを身に着けているが服装はそれぞれだ。そして剣の柄に手をかけている者、長い槍や大きな弓を背にしている者ばかりだった。

彼らはクラン・テュール。イェルバ山の麓に広がるデナリの森を支配下に置く一族で、森で暮らす戦闘民族と言ってもよかった。

皆顔を顰め、荒々しい気配を隠しもせず対面を睨みつけている。

平原側に立つのはクラン・デセベルの者たちだ。揃いの衣装で着飾っているようにも見えるが、腰に下げた剣や矢こそつがえていないものの弓を手にした者たちを見れば戦装束とも言える。長けた者なら、瞬く間に矢をつがえて次の瞬間には放っているだろう。

馬が小さく嘶く声が聞こえた。

クラン・デセベルの方に馬は多かった。その中の何頭かは、馬車を曳いている。大量の荷物が乗った荷馬車と、この異様な緊張感には似合わないほど豪奢に飾りつけられた一台の馬車だ。

クラン・テュールと隣接しているが、森を抜けた広い平原に住むクラン・デセベルの者たちは王宮に認められた騎士が多いせいか、冷静に対峙しているようにも見えた。

しかし、内心は同じだ。

互いに、互いが気に入らないという態度をまったく隠しもせず、その場を動かず、睨み合っている。

何か、小さなきっかけひとつで戦争が始まりそうな気配もあった。

誰かの動き、小さな声だけでも合図になりそうだった。

この状況を、いったい誰が望んだだろう。

互いに嫌い合っていることは、広大なハイトランド王国の果てのクランでも知っている常識だった。

森の民族、クラン・テュール。

彼らは荒々しさを誇りとし、男たちは鍛え抜かれ、女たちも必要とあれば武器を手にするような、厳しい森で暮らしている。

クラン・デセベルを、王宮に近い、着飾り媚をうるだけの軟弱者と嗤っていた。

肥沃な大地を持つクラン・デセベル。

彼らはハイトランド王国の食糧庫のひとつと言ってもよかった。主食である小麦から、嗜好品である葡萄も手にかけ、その他の農作物も抱える、およそ飢餓とは無縁の一族だ。国中のクランとの繋がりも多いが、王宮とのつき合いも長かった。そのせいもあって、クラン・デセベルの暮らしは王宮でのそれに似ていた。

その生き方に誇りを持ち、クラン・テュールを礼儀を知らない田舎者と見下していた。

そのふたつのクランが、向かい合っている。

まさに一触即発の状況で、これから何が起こるのか。

ゴクリ、と誰かが息を呑んだ音すら聞こえた気がした、その時。森の側、クラン・テュールから一歩踏み出した男がいた。

開戦の合図か、と思われて、攻撃の的にされてもおかしくないはずだが、その男はまったく怯むことなく自分のクランを背に前に出た。

毛皮だろうか。他の者たちとは違う襟巻きのついたマントをした男は、不遜な態度を崩さぬまま、声を上げた。

「――俺の嫁を、差し出してもらおうか」

ざわり、と揺れたのはクラン・デセベルの側だ。

彼がクラン・テュールの領主である男なのだろう。

遠目に見ても、その肌は濃い色をしていた。

毛皮の襟から上の頭は、形がわかるほど短い毛しかない。赤茶色の髪はしかし、陽(ひ)に透かすと金色に光って見えた。

堂々とした体軀(たいく)は、鍛えられたクラン・テュールの者たちの中でも逞(たくま)しさを誇っているようだった。

俺の嫁、というからには、彼がクラン・テュールの領主、ウォルフ・アッカー・テュールなのだろう。

クラン・デセベルの姫と呼ばれる、シルフィーネ・ジエナ・デセベルの夫となる男なのだ。

一章　憎み合う婚礼

大陸のほとんどを占める大国ハイトランド王国の君主、王であるマルクス・ニコ・カウンティは考えた。

争いが絶え、国がひとつとなって数十年。

国にはたくさんのクランがあり、彼らは王に忠実で、何かあればすぐさま集まり、力になってくれるだろう。

しかしマルクスは、この平和をもっと長く、もっと平穏にしたいと願っていた。

そのために考えたのが、クラン同士の繋がりである。

どのクランも君主に忠誠を誓う姿に偽りはなく、王も信用しているが、クラン同士はどうか。

ハイトランドは広く、端と端のクランは名前を知っているだけのなんのつき合いもなければ信用もしていない者たちもいる。

この状況を憂いて、考え、マルクスが起こした行動は、クラン同士の関係を密にするための交易だった。

この国の末長い繁栄を願って、という大義名分を掲げてはいるが、どのクランにも拒否権などない強権発動に等しい。

それでも、どのクランにも利益があるように、と考えてはいるようで、最初は戸惑ったものの、結果としてどのクランも受け入れていった。

あるクランは内陸奥地にいるせいか他との交流が少なく、外海に近いクランとの取引を始めさせた。また別のクランにはこれと言った特産品がなく、暮らしに貧しさを抱えていたために、研究者を多く持つクランから人を派遣し、生活の向上を勧めた。

気の合いそうなクランをまとめて引き合わせ、繋がりを密にすることは簡単だった。

そんなふうに広められていったハイトランドの平穏だったが、次に上がったのがクラン・デセベルだ。

マルクスの右腕と言ってもいい、ハイトランドの王子であるアレクシス・ヘンリ・カウンティはなんでもないことのように父である王に進言した。

「クラン・デセベルはもう決まっている。クラン・テュールとの関係回復でしょう」

「……関係回復というようなつき合いが昔からあったとは記憶にないが」

マルクスの反論に、アレクシスは肩を竦めて答えた。

「クラン同士の諍いを治めるのが一番なので——ちょうどクラン・デセベルには未婚の娘がいます。それにクラン・テュールの領主もこれまた未婚です」

「繋げるには、簡単な線だな」

「でしょうね。これもお互いの引き起こした問題を、お互いの結びつきで解決できるなら、なんの問題もない」

「では——」

マルクスは確認するように、アレクシスを見た。

アレクシスは大丈夫、と頷いて答えた。

「結婚させましょう」


そんな会話があったかどうかはわからないが、実際に、クラン・デセベルの領主の娘であるシルフィーネ・ジエナ・デセベルはクラン・テュールに嫁ぐことになった。

領主である、ウォルフ・アッカー・テュールのもとに。

一触即発の空気を醸し出した武装集団——ではなく、花嫁行列を出迎えた双方出会いの場だったが、「王命による結婚」という名のもとに争いは起こらず、クラン・デセベルの者たちはクラン・テュールに迎え入れられ、そのまま森の中へ進んでいった。

うっ蒼と茂った森だと思っていたが、進んでいくと道があり、開けた場所もある。

中でも一際広く開けた場所が、婚礼の会場でもあるクラン・テュールの村の中心だった。

宴の用意はされていたようだが、華やかな披露宴とは言えない緊迫した空気の漂う中でクラン・デセベルとクラン・テュールははっきりと分かれて座り、料理や酒を前に向かい合っている。

まるで、森の外で睨み合っていた者たちが場所を移動しただけのような状況だ。

当然、こうなるとは思っていたけれど。

シルフィーネはその中でただひとり、純白の衣装、しかも豪奢に飾りつけられた婚礼衣装に身を包んだまま小さく息を吐いた。

婚礼の主役である花嫁だから当然の格好ではあるが、薄茶色の毛皮の襟をつけたマントと黒い衣装の花婿の姿との落差になんとも言えない気持ちになる。

シルフィーネはこの婚礼をあまり華美にはしたくなかった。

嫁ぐのだから、相手の環境に合った姿であるべきだし、そもそも花嫁行列だって必要ないと考えていたくらいだ。

幼い頃から親交のあったハイトランドの王女であるアメリア・リリー・カウンティ——今はクラン・ユルハイネンの領主夫人に倣い、随行も最小限で、花嫁衣装も嫁ぎ先に合わせるべきと思っていたのだ。

恐れ多くも、シルフィーネは王女であるアメリアと親しく、王宮に出向くたびにいろんなことを一緒にさせてもらっていた。

アメリアが降嫁したことは、アメリアと同じくらい驚いたものだし、心配したものだった。

しかし嫁ぎ先のクラン・ユルハイネンで、アメリアはとても充実した生活を送っているらしい。降嫁して二年、子供もいて幸せだ、と手紙をもらっている。

アメリアは数年前から女王になる、と言っていたが、彼女は人がよすぎる。そして真面目(まじめ)すぎるとシルフィーネは知っていた。クランの中だけでなく、王宮で貴族たちとのつき合いも多かったシルフィーネは、この国を統べるのに、アメリアは苦労するだろうと思っていたのだ。

素直で生真面目で、それでいて愛嬌(あいきょう)もあり優しいアメリアが女王になると、彼女のいいところのすべてがなくなってしまうのでは、と危惧していた。

しかしシルフィーネが思っていたことくらい、アメリアの家族である王や王子たちが考えないはずがなかった。

結果として、アメリアは降嫁し、幸せな暮らしをしている。

シルフィーネはアメリアを尊敬しているし、見習っていたから、嫁ぐのであれば彼女に倣いたいとずっと思っていたのだ。

だがそれは受け入れてもらえず、相手が顔を顰めるような豪華な花嫁衣装に身を包むことになってしまっている。

シルフィーネの衣装は、父が用意したものである。

昨年の始め、馬車の事故で母と一緒に亡くなってしまった父だが、父がいなくなったからといって跡を継いだ兄サラディン・クレイ・デセベルが簡素な婚礼を許すはずもなかった。

亡き父と違い、シルフィーネを王族に嫁がせようという意志がないことは嬉しかったものの、妹を豪奢に送り出すことに躊躇いも遠慮もないサラディンだった。

クラン・テュールと、クラン・デセベルは、向かい合った者たちの衣装の違いからもわかるほど、暮らしぶりがまったく違う。

双方が交わることはない、と言われていた。

それくらいクラン・デセベルは王宮に近い暮らしをしていたのだ。

その大きな理由のひとつは、権力欲に取りつかれた父の野望にある。

父は、シルフィーネを王族に嫁がせたいと考えていた。

おかげで、二十二歳になっても、領主の娘だというのに堂々と行き遅れを晒していた。

女は成人すれば、また男は立場や力を認められれば結婚するのが一般的である。領主の子供であれば、幼い頃から婚約者がいても不思議はなかった。

その慣習通りなら、シルフィーネは二十歳になる前に結婚しているはずだったのだが、父が望む相手が悪かった。

父がシルフィーネの相手に、と望んでいたのはハイトランドの王子、アレクシスだ。

アレクシスは兄のサラディンと同じ歳でシルフィーネとは六つ違い。年回りとしておかしくはない。

しかしアレクシスは王の長男でありながら、王太子ではない。王子ではあるが、後継者ではないのだ。その上放蕩者（ほうとうもの）という評判の通り、ちっとも王宮にいつかない。

アメリアと親しくしていたおかげで互いを知ってはいたものの、シルフィーネにしてみれば慕うほど仲がよいわけではなかった。さらには、シルフィーネとしては相手の地位など関係ないが、結婚相手はしょっちゅう家を空けるのではなく、ちゃんと側（そば）にいてくれる人の方がいいと思っていた。

どういうわけか、ウォルフと結婚することになったのだから、アレクシスと結婚しないでよかったと安堵（あんど）するはずなのだが、状況はそう簡単には収まらない。

理由は、この真（ま）っ直（す）ぐに線を引いたように分かれて睨み合っているクラン・デセベルとクラン・テュールが、現状の通り嫌い合っているクランだからだ。

でも、これも仕方のないことといえば仕方のないこと。

シルフィーネはこの状況から少しでも目を背けようと瞼（まぶた）を伏せた。

そしてその理由にもう一度想いを馳（は）せる。

このふたつのクランは、昔からここまで憎み合っていたわけではなかった。

過去には、つき合いもあり互いの者たちが親しく行き交う時もあったのだ。

それが一変したのは、シルフィーネの祖父の若い頃。

クラン・デセベルの領主であった祖父は、どういう経緯か、当時クラン・テュールの領主の婚約者であった女性を奪い、自分のものとして結婚してしまったのだ。

もちろん、クラン・テュールの方から抗議もあったが、祖父に嫁いだ女性も望んだらしく、彼女はクラン・デセベルの領主夫人となった。

面白くないのはクラン・テュールの領主たちだ。

それはそうだろう、とシルフィーネでも思う。

その時から双方の交流は断たれ、互いのクランの姿を見るだけで争いが起こるほどの殺伐とした関係になったようだった。

そこから時間が経ち、王が仲介にあたってくれたため、大きな争いはなくなったものの、嫌い合った感情まで消えたわけではない。

お互いのギスギスとした、憎み合う気持ちだけが未だに受け継がれ、今に至る。

クラン・デセベルはクラン・テュールを野蛮な田舎者と見下し、クラン・テュールはクラン・デセベルを高慢で気位だけが高い軟弱者と嫌悪する。

その環境下での婚礼なのである。

互いの気持ちなど無視をして、とりあえずの繋がりを持たせようとした状況が、シルフィーネに与えられた結婚だったのだ。

できれば、もっと穏やかな結婚がしたい。だがそもそも、結婚は自分の自由にはならないとわかっていただけに、シルフィーネは諦めも早かった。

あのアレクシスに嫁ぐわけではないのだから、と思ったものの、未だ緊張感の漂うこの現状では、喜ばしいことなど何ひとつ見当たらない。

隣に座る、夫となるウォルフは何を考えているのか、表情を変えることなく睨み合うクランを前に黙っているだけだ。

シルフィーネはそっと彼を盗み見た。

近くで見ると、大きな人だと実感する。

騎士も多いクラン・デセベルの者たちがひ弱だとは思わない。ただ、生活が違うのであろう。クラン・テュールの者たちは服の上からでも逞しさがよくわかった。

その中でも一際大きく見えるウォルフは、褐色と言ってよいほど肌に色がついている。

これは先祖返りをしているのだ、とシルフィーネは聞いていた。

このデナリの森に入った最初の一族が、ウォルフのような姿をしていたという。どのくらい昔かはわからないが、確かにクラン・テュールの者たちはクラン・デセベルの者たちに比べて色が黒い。陽に焼けている、というだけではない色だった。

その中でもウォルフの色は一際濃いのだ。

さらにウォルフの髪はシルフィーネにはもの珍しく見えるほど短い。後頭部は刈り上げてあるほどで、寒くないのだろうかと思うくらいだ。

額に少しかかるほどの赤茶色の髪は風に揺れると柔らかそうにも見える。しかし意思の強そうな眉に、金色に光る瞳は周囲を圧倒するほどの威圧感を放っていた。

　これがクラン・テュールの領主であるからなのかはわからないが、表情も硬く、口は一文字に結ばれたまま開かなかった。

　この状況が見えているはずなのに、何も言わない。

　シルフィーネが彼の声を聞いたのは、まだ二度だけだ。

　出迎えた場で、歓迎とも言えない花嫁を求める声と、つい先ほど簡素に行われた婚礼の儀式で牧師への誓いに「はい」と了承するだけの返事。

　かと言って、シルフィーネも多く声を発したわけではない。

　互いのクランが牽制(けんせい)し合って、本来なら賑(にぎ)やかであるはずの結婚披露宴が、相手の息遣いすら聞こえそうなほどの緊張感と静けさを湛(たた)えているのだ。

　シルフィーネは視線を上げ、ため息をつきたくなるのを抑えてもう一度視線を下げ、目の前のテーブルに広げられた料理とカップに注がれた葡萄酒を確認した。

　そしてゆっくり手を伸ばし、そのカップを手にする。

　自身の挙動が、両クランから息を呑むようにして凝視されていることはわかっていた。

　シルフィーネはカップを掲げて隣に窺うようにした。

「――いただいてもよろしいんですの？」

　シルフィーネの声に答えるように、ウォルフも自分のカップを手にし、両クランに見えるように掲げて言った。

「クラン・テュールとクラン・デセベル――それと我が妻に」

ウォルフはグラスの中身を一息に飲み干した。

シルフィーネは自分から言い出したために葡萄酒に口をつけたものの、驚いて戸惑った。

無表情で怒っているようにも見えるウォルフに、自分を称えるような一言を言われるとは思っていなかったからだ。

コクリ、と小さく葡萄酒を飲むと、その甘酸っぱさにシルフィーネは少し落ち着いた。

馴染みある味だった。

酒に強いわけではないが、葡萄酒も二杯くらいなら酔うことはない。自分のクランで作っている葡萄酒でもある。婚礼用にとサラディンが用意してくれた一番いい葡萄酒なのだ。

美味しくないはずはない。

シルフィーネが心を少し落ち着かせたその時、新しい夫婦の乾杯を皮切りに、披露宴会場の様子も動いた。

シルフィーネと同じようにクラン・デセベルの者たちが葡萄酒を飲み、味を褒め始める。

「旨いな」

「この味はやはり、我がクランでしか出せないものだ」

「ああ、この味を理解してこそ一流のクランと言えよう」

「この味を知らぬ田舎者には、もったいない美酒だな」

葡萄酒を味わうようでいて、相手を批判する。それに反応したのはやはりクラン・テュールの者たちで、彼らは自分たちの用意した大皿に盛られた料理に手を伸ばした。

披露宴用に捕ってきたのか、大きな獣の肉があり、大鍋では温かそうなスープが煮えている。シルフィーネにはあまり馴染みのない料理だが、美味しそうではある。

「旨い！」

「この猪肉は最高だな」

「これほど大きな獲物はなかなかお目にかかれないしな」

「軟弱な者には噛み切れぬかもしれんな」

豪快にその肉を頬張り、クラン・テュールの者たちは笑い合った。相手を挑発することはやはり忘れてはいない。

「毒を恐れて飲めぬ臆病者が」

「なんだと！　それはお前らの方だろうが！」

「田舎者のくせに！」

「軟弱者どもが！」

シルフィーネはため息を堪えることができなかった。

とうとう、両クランは罵り合うことを躊躇わなくなったのだ。

これが婚礼の披露宴だろうか、というほどの怒号が飛び交い、しかし張り合うように互いが酒を、料理を飲み食いして消費していく。

披露宴会場の広場は屋外だ。

陽も沈みかけているが、かがり火が多く設けられているせいで辺りはよく見える。

テーブルに広がった食べ物や飲み物が消費されると、宴に相応しく次の料理が並ぶ。空いたカップには、クラン・テュールの女たちが注いで回っていた。

その女たちも、クラン・デセベルとは違う。

色は薄いが褐色の肌に、茶色や赤い髪。それにシルフィーネたちからするとはしたないと思うくらい大胆に胸元が開いた服だ。誰も異を唱えていないから、あれが普通の格好なのだろう。いや、領主の婚礼なのだから、普段よりは華美なものかもしれない。酌をして回る女たちは誰も愛想よく、豊満な身体つきをしていた。

男たちが逞しいことに対し、女たちは肉感的だ。遺伝なのか、ここで生活するとそんな身体になるのかはわからないが、シルフィーネは彼女たちの姿を見て、一瞬自分の豪華な婚礼衣装を見下ろした。

「…………」

何かを言えるはずはないが、敵対しているクランの者なのに、クラン・デセベルの男たちも酌をされ料理を勧められてまんざらでもない顔をしている。

　シルフィーネに近い席にいるサラディンも、妖艶な笑みを浮かべる女に葡萄酒を注がれて頬を緩めていた。

　サラディンの妻である、義姉に告げるべきかどうか。一瞬悩んだシルフィーネに、サラディンはわかっているというように妹に片眼を瞑ってみせる。

　愛想のよい兄にため息をつきたくなっていると、シルフィーネの隣の方から声が聞こえた。

「ウォルフ様、どうぞ。器が空です」

　視線を向けると、ウォルフの向こう側から一際艶めいた女が葡萄酒の器をウォルフに傾けていた。

「――ああ」

「ウォルフ様ならまだまだ飲みますよね。空のまま置いておくなんて、一言声をかけてくればいいのに」

　女は笑いながらウォルフのカップを満たしたが、シルフィーネはちゃんと気づいていた。

　彼女が、笑っていない目をシルフィーネに向けたことを。

　その言葉と視線から、シルフィーネはなるほど、と考える。

　つまり、夫の器が空なのにどうして放っておいているのか、と非難しているのね。

　シルフィーネは理解したが、だからといってどうするべきだったのか。

　そもそも、この豪華すぎる衣装はひとりで脱ぎ着することもかなわないもので、袖の布も必要以上に多く、長い。目の前のグラスなら手を伸ばせるものの、料理や、葡萄酒の入った器に手をかけようものならいろんなものを引っかけてしまうだろう。

そうなったらこのドレスがどうなるのか。

シルフィーネの想い通りではないとはいえ、父の想いの込められたドレスを汚せるほど、シルフィーネは非情ではない。

しかしそんな事情など、向こうには関係のないことなのだろう。

シルフィーネは領主に嫁いだのだ。つまり領主夫人となるのだから、クラン内の奥向きの采配は任されることになる。となれば、彼女たちを束ねるのもシルフィーネの仕事となる。

前途多難な気がするわ。

シルフィーネはまさに、このクランで暮らしていくことに不安を感じた。

ウォルフにぴたりとくっついて、何か話し続けている彼女を見て、もう一度自分を見下ろす。

豪華な衣装だが、細身でぴったりとしていて、サラディン曰く、シルフィーネに素晴らしく似合っているらしい。さすが父だ、と言っていた。

誰もが褒めてくれるから、似合っているのだろうと思ってはいたけれど、自分の体形を知らないわけではない。

ウォルフにすでにしなだれるようになっている彼女の身体は、改めて見なくても魅惑的だと同性でも気づいている。胸は抱えるほど出ているのに、腰は細く、臀部に向かって艶めかしい曲線を描いている。

クラン・テュールの女たちが皆そんな肉体美であるから、シルフィーネが自分の身体をつい見てしまっても仕方がない。

そんなことを考えているうちに、披露宴はさらに賑やかになっていた。

どうやら、クラン・テュールの酒も出始めたようだ。森の者が好む酒で、慣れない者は一口で昏倒するほどなのだとか。

それでもクラン・デセベルの者たちは争うようにカップを空にする。

怒鳴り合いがすでに子供の喧嘩のようにも聞こえるが、実際に手を出さなければいくらでも言い合えばいい。

先ほどまでの緊張感のある沈黙よりはましだ、とシルフィーネが思い始めた頃、後ろに控えていた侍女のエルマ・オッリが声をかけてくる。

「お嬢様、そろそろ……」

下がってもいい頃合いだ、と言うのだろう。

婚礼の儀式を終え、披露宴もたけなわだが、結婚はそれで終わりではない。

主役のふたりには、これから肝心な夜が始まるのだ。

それを理解しているから、シルフィーネもちらりと隣を見ながら頷いた。

その視線を受け止めたのか、夫となったばかりのウォルフも視線を向けてくる。

「先に向かうといい」

「――では」

ウォルフの隣にまだいた女もジロリとシルフィーネを見てきたが、気にしないでおく。ここで何かを言っても意味はないだろう。この結婚は王命だ。国の平穏のための、政略結婚なのだ。シルフィーネが何かを言えるはずもなければ、ウォルフだって何かを言えるはずもない。ただ、互いに思うところはあるだろう。そう思いながらシルフィーネは席を立った。

すでに、披露宴の状況はひどくなりつつあった。

罵声と罵倒が空に響き、殴り合いに発展しないのが不思議なほどのうるささだ。まるで互いのうっ憤をぶつけ合っているかのようにも見え、これはこれでいいことなのかもしれない、とシルフィーネは考えた。

それでも、席を立つついでに近くにいたサラディンに声をかける。

「――お兄様、あまり無茶をなさらないでくださいませ」

「ん、大丈夫だ。皆頃合いくらい理解している」

サラディンの手には葡萄酒で満たされたカップがあり、反対の手には肉の塊がある。

クラン・デセベルの領主である兄も、この状況を楽しんでいるようだった。

軽い返事に、本当に理解しているのかしら、と首を傾げたくなるシルフィーネに、兄は笑った。

「言い合いくらいさせてやらないと。殺し合うよりましだろう」

「そうですが……気をつけてくださいませ」

「わかっている」

そう言って笑うサラディンだが、王宮の貴族と言ってもおかしくない気品を備えた容姿をしているくせに、クランの誰よりも好戦的だし、面白いことが好きな兄なのだ。

常識も良識も持っているが、面白そうだと思うと躊躇わないところのある兄に、シルフィーネが不安を感じても仕方ないだろう。

そもそも、サラディンは父ほどクラン・テュールを憎んではいない。

嫌い合っている姿勢を見せていても、施政者としての冷静な判断はできる。こんな状況でなければ、何もない時にクラン・テュールの者と出会っても、サラディンは喧嘩もすることなく普通に話すことができるだろう。

しかし、大事な妹を嫁がせるとなれば別らしい。

この喧騒を煽っているようでもあるが、それは敵対するクランに嫁ぐシルフィーネのために、妹の後ろ盾をはっきりと見せつけるための振る舞いなのだ。

このサラディンがいる以上、めったなことにはならないと思うが、喧騒はさらに増していた。

クラン・デセベルに信用はあったが、その状況でもクラン・テュールが手を出すことはない様子に、お互い様かもしれない、と考える。

互いに、うっ憤を晴らしているようだ。

この状況を、楽しんでいるのならそれはそれで必要なことかもしれない、とシルフィーネはその騒がしさを後にした。

これから、自分にとって最も大事なことがあるからだ。

結婚した夫婦が何をするのか。

もちろんシルフィーネは知っている。

「せっかくのドレスでしたのに……」

婚礼の時にだけついてきた侍女が、シルフィーネの脱いだドレスを片づけながら呟(つぶや)いた。

ひとりでは脱ぎ着できない衣装だ。

用意も侍女ひとりでは難しいために、婚礼の期間だけ数人の侍女を伴うことにしていた。

シルフィーネの敬愛するアメリアは、ほとんど身ひとつで嫁いでいったと言ってもいいのに。

付き従った侍女もひとりだけ、と聞いている。

嫁ぎ先の状況が違うのかもしれないが、アメリアがしたことをシルフィーネができないはずはない。

そう思って、シルフィーネも侍女代わりのつき人はエルマひとりだけだ。サラディンはもっと大勢、クラン・デセベルの屋敷で暮らしていた時ほどの侍女たちを同行させようとしていたが、そんなにもたくさんの女をクランから引き抜いていくわけにもいかない。

なんとか納得はしてもらえたものの、道中は危ないから、と護衛を増やされた結果が、武装集団になってしまったわけだ。

おかげで安全な道中ではあったが、薄手の夜着に着替えたシルフィーネは、荷箱ひとつをそれだけで埋めてしまう大仰なドレスを見た。

「ここでの生活に、それは一番必要のないものね」

「王宮でしたら、素晴らしいお披露目になっていたでしょうに」

悔しそうに言う侍女に、シルフィーネは想像する。きらびやかな王宮でそれを着た自分を。

確かに、王宮そのものに負けない存在感はあっただろう。

存在感だけなら、ここでもあったのだが。何しろ周囲は木しかない屋外の披露宴で、礼装というより武装している者たちの中で唯一の白いドレスなのだ。

目立っていたことは確かだし、一度も袖を通さないままお蔵入りともならなかったのだから、父の想いも少しは遂げることができたのではないだろうか。

しかし、そもそも父が生きていたのなら、この結婚は決して成立しなかっただろう。たとえ、王命に背いたとしても。

それほど、父はクラン・テュールを憎んでいた。

憎まれる理由、憎む理由。双方をシルフィーネは理解している。

その憎み合いを解決するための結婚なのだから、これも領主の娘の責任と思うと文句はない。

たとえ、疎外感しか覚えない生活を送ることになっても。

覚悟はしていた。

そして、自分のやるべきことはきちんとやる気持ちも持っている。クラン・デセベルの娘と罵られようとも、結婚した以上、クラン・テュールの女になったのだ。負けはしないし、屈したりもしない。

そう心に決めてみたものの、夜着に着替えてさらに薄くなった自分の身体を見て思わず息を吐きそうになった。

「シルフィーネ様？」

それに気づいたエルマに、誤魔化そうと思ったものの、ここには同性で同じクラン・デセベルの者しかいない、と思ったからつい零(こぼ)してしまった。

「――あの女性たち、何を食べたらあんなにも大きくなるのかしら……」

「…………」

「…………」

シルフィーネの呟きは、侍女たちも思ったことのようだ。

それぞれ、自分の身体を見て、互いの顔を見合わせている。

シルフィーネが幼い身体をしているわけではない。侍女たちだって、出るところは出ているし、女らしい身体をしている。

しかし迫力が、大きさが違うものだな、と実感してしまったのだ。

もともとのクランの違いと言えばそうなのだろう。

クラン・デセベルや王宮で顔を合わせる他のクランの者たちと比べても、クラン・テュールの者たちは大きく感じた。

「……私、小さいかしら」

また、つい、シルフィーネは零してしまった。

自分の胸に視線を落としながら。

「そんな！」

「シルフィーネ様は充分ございます！」

「そうですよ！　美しいお胸をされていらっしゃいます！」

「そうですそうです！　重要なのは大きさではなく、形だとも申しますし！」

侍女たちが慌てたように慰めてくれるが、いったい何について話しているのかと我に返ると恥ずかしさで頬が染まる。

そこに、「ごほん！」と咳で皆を正気に戻したエルマが、視線を集める。

「シルフィーネ様、よろしいでしょうか」

「どうしたの、エルマ？」

シルフィーネより十歳ほど年上のエルマは、未亡人だ。

若い時に結婚したものの、はやり病で騎士である夫を亡くした。子供もおらず、再婚もせず、その頃からシルフィーネの侍女として仕えてくれている。

この結婚にも、一番動きやすいと言って、迷わずついてきてくれた。

そのエルマが顔を緊張で強張らせている。何があったのだろうか、とシルフィーネも他の侍女たちも息を呑んで次を待った。

「結婚とは――夫婦となって、夜を迎えて初めて成立するものです」

「――そうね」

硬い声のエルマに、シルフィーネはなんだ、と力を抜いた。

そしてエルマが何を言いたいのかも理解して、思わず笑ってしまった。

「知っているわ、エルマ。お母様から聞いたこともあったし、それに王宮で……アメリア様とご一緒させていただいた淑女の会でも教えていただいたもの」

年長者として、母ももういないシルフィーネには自分が伝えなければ、と思ってくれていたのかもしれない。妹のように、家族のようにシルフィーネを想ってくれるエルマには感謝しかない。

エルマもシルフィーネが知っていると思うと、ほっとして肩の力を抜いたものの、首を傾げた。

「淑女の会、ですか？」

「そうよ。王宮のサロンではね、貴族の女性たちばかりの集まりがあって……アメリア様は、お母様がいらっしゃらなかったでしょう？　その代わりに、いろいろなことを教えてくださっていたようなの。……そこに、一緒にいた私も同席させてもらったことが何度かあるわ」

宰相夫人を筆頭に、いろいろなことを教わった。

赤裸々で、はしたない、と思っても、知らなければ大変なことになる、と善意で教えてくれたのだ。ありがたく拝聴したものの、素直なアメリアは、素直すぎるあまり余計なことまで覚えさせられていた。

さすがにそれは、とシルフィーネが思っても、楽しそうなアメリアと、楽しそうな宰相夫人にただのクランの娘が何かを言えるはずはない。

でも、もう、あの言葉が俗語だってご存知よね。

男性を罰するお呪（まじな）いだと、アメリア様は楽しそうに口にしていたが、どういう意味かを知ってしまったシルフィーネは上手く笑うこともできず複雑な気持ちになったものだ。

そんなふうに、男女の営みについていろんな方が教えてくれた。

寝台の上だけのことではなく、夫婦のつき合い、異性とのつき合い、それに同性とのつき合い方もいろいろだ、と教示してもらったのだ。

それもあって、不安がないわけではないが、シルフィーネはひとりでも他のクランで過ごせると思っている。

いい思い出だ、と笑ったが、エルマも他の侍女も複雑そうな顔をしている。まるで、簡単には口にできないお呪いを教えてもらっているアメリアを見た時の自分のような表情に、シルフィーネは首を傾げた。

「どうしたの、皆?」

「……淑女の会……どうしてでしょう。なんだか不安しか覚えません」

「……わたしもです」

エルマの言葉に同意する侍女たちに、シルフィーネはどうして、と目を瞬かせる。

「どうするかも何をするかも知っているもの、大丈夫よ」

「そ、そうなんでしょうか……」

「そうね、問題は……クラン・テュール、領主のウォルフ様が」

シルフィーネは頬に指を当てて考え、それから自分の胸を見下ろして続けた。

「この大きさではご満足されなかった場合かしら……」

「そんな！」

「シルフィーネ様にご満足されないなんて！」

「そんな扱いをされましたら直ちにサラディン様に訴えて今度こそ戦の準備です！」

「その通りです！　わたし、槍は得意です！」

「私だって、弓ならそこそこの腕前です！」

「ま、待って、待ってちょうだい、皆落ち着いて」

侍女たちがシルフィーネを慕ってくれるのは嬉しい。

侮られてなるものかと、怒ってくれるのも嬉しい。

しかし、この結婚はそんな争いを回避するためのものなのだ。

だが現実として、クラン・デセベルとクラン・テュールには大きな違いがあることははっきりしていた。

あんなにも綺麗な方が隣にいて、何も思わない殿方はいないはず。

シルフィーネは自分をわかっているからこそ、落ち着いていた。

何故かシルフィーネ自身よりも熱い侍女たちを抑えて、負けることなどないという意思表示ににこりと笑った。

「たとえ旦那様がそうでも、私は領主夫人となったのですもの。自分の立場は自分で築くつもりよ。誰にも文句は言わせないわ」

肉体的に負けていても、精神的に負けるシルフィーネではない。

何しろ、いずれ王族に嫁ぐのだから、と父に言われ続けて、王侯貴族たちとのにこやかなやり取りの水面下で行われる醜い争いごとや、クラン同士の諍いも見てきたのだ。

たかがひとつのクラン、その女たちにも、男たちにだって負けるつもりはない。

「シルフィーネ様……」

シルフィーネの気持ちが伝わったのか、侍女たちも信用して頷いてくれる。

しかし、小声でエルマに「でも、もしシルフィーネ様が傷ついたら全力で呪うので相手をちゃんと調べておいてください」と伝えるのも聞こえてしまった。

呪うって何をするのかしら。

シルフィーネが苦笑していると、扉を叩く音がした。

シルフィーネに与えられた部屋は、それなりに広い。持ってきた荷物も充分に置けるし、小さな寝台まである。今は春の気候でついていないが、暖炉もありその前に心地よさそうな敷布も敷いてあった。

この部屋が、シルフィーネの私室となるらしい。

クラン・デセベルの私室に比べると、ずいぶんと味気なく、質素なのはなんの飾り気もない部屋だからだ。しかし窓もついているし、使用人が数人いても狭さを感じない。広さは充分なものを与えられているといってていいだろう。

そもそも、屋敷の形がクラン・デセベルとは違うのだ。

クラン・デセベルの屋敷は王都と気候も似ているからか、木だけでなく磨かれた石造りで、漆喰の壁には華やかな絵が描かれていた。柱ひとつにしても飾り柱になっていて、様々な色があって賑やかだった。大きな屋敷で、領主一家や使用人たちも一緒に暮らしていた。

しかし森の中で暮らすクラン・テュールは違う。

大きな丸太が積み上げられたような、頑丈さを思わせる建物は屋敷というより家だ。主寝室の他にもいくつか部屋があり、台所や浴室専用の水場、生活に必要なものはすべて揃えてある大きな家が、領主の住む家らしい。

ならば他の者はどこに、と言えば、広場を前に構えている領主の家を中心に扇形に小さな家が広がっている。それが使用人や領主の他の未婚の家族、部下たちの家だと言う。

さらには家はひとところに固まっているわけではなく、大きなイェルバ山の山裾に広がるデナリの森の中にいくつも点在し、小さな集落を作っている。

森を管理し、森に住むクラン・テュールならではの暮らしなのだろう。

屋敷ひとつにしても、今までとは違う。

早く馴染めるように頑張らなければ、とシルフィーネが決意したところで、扉の向こうで応対したエルマが戻ってきた。

「シルフィーネ様、ウォルフ様がお戻りになったようです。外はまだ宴が続いていますが……」

「わかったわ。あちらへ伺えばいいのね？」

これから、この結婚を確かなものにするべく、避けては通れないことがある。

少し緊張するのは、仔細を聞いただけで初めてであることは確かだからだ。それでも躊躇ってなどいられない。躊躇えば、狼狽えれば、それがクラン・デセベルへの評価になるからだ。

クラン・テュールに嫁ぎ、クラン・テュールの者になると決めても、シルフィーネはクラン・デセベルの娘なのだ。これまで背負ってきたクランが、他のクランに侮られることなどあってはならない。

クラン・デセベルのために。

シルフィーネは婚礼の締めを行うべく、夫となったウォルフの待つ主寝室へと向かった。

主寝室は、広かった。

シルフィーネの私室より一回りほど大きいが、物が少ない。衣装入れもシルフィーネの半分ほどだし、大きな暖炉があり柔らかな敷布もあるものの、より広く感じた。

しかしその中で、一番存在感があるのは寝台だ。

天蓋こそついていないが、四本支柱の頑丈で立派なものだった。

それを前に、ウォルフが待っていた。

嫁ぐ時、夫を前にして言わなければならないと教わったことがある。その挨拶をしなければ、と思っていたのに、部屋に入るなりその姿を見て、シルフィーネは息を呑んだ。

マントは取っていたが、黒装束はそのままのウォルフがこちらを射抜くような強い目で見ていたからだ。

「シルフィーネ……妖精か」

低い声だが、よく聞こえた。

ウォルフの金色の目に凝視されると、落ち着かなくなる。しかし彼はそのままシルフィーネの全身を舐めるように見つめてくる。

ますます居心地の悪い思いをしたが、ウォルフの言葉には頷くことができた。シルフィーネの名前は、風の妖精シルフから取ったものだからだ。

「母が、クラン・アルフの出ですから」

クラン・アルフは、ハイトランド王国でも珍しいクランだ。

太古から存在している妖精たちの生き残りと言われるほどの神秘に包まれたクランで、その地も簡単にはたどり着けない険しい谷にある。そこが妖精の谷とも言われている。

そのクラン・アルフの者たちは、他者から妖精と形容されるのがよくわかる容姿をしていた。

金色の髪に、白い肌。瞳の色も淡く、男女ともに美麗な者が多い。

亡き母がクラン・アルフの出だが、容姿は際立って妖精のようというわけではなかった。薄茶色の髪に、薄茶の瞳。白い肌は健康的に焼けていて、溌剌とした母だった。

クラン・アルフの者は、めったにクランから出ない。しかし好奇心旺盛な母は谷から出たところで父と出会い、そのまま結婚してしまったらしい。

そして生まれた子は、長男も麗しい外見をしているものの、長女はまさに妖精そのものと評判が立った。

白金の髪は腰まであり、染みひとつない白い肌に、自然の色を映したような翡翠の瞳。見目麗しい者など数多いる王宮でも、よく振り返られるほど際立っていると言われたのが、シルフィーネだ。

この容姿も手伝って、いちクランの娘が王女であるアメリアの側にいても何も言われなかった。そしてこの容姿のおかげで、王子であるアレクシスに嫁がされようとしていたのだ。

自分では生まれた時から見慣れた顔であるために、初対面の者と会うたびに驚かれ二度見されても、もはや驚くことはない。

クラン・アルフは母の出自ではあるが、正直なところシルフィーネはあまり好きではなかった。いくら自分が妖精のようと言われていても、できるなら、つき合いたくないクランではある。

「なるほど」

シルフィーネから視線を外さず、何度か頷いたウォルフに、シルフィーネは改めて礼儀として挨拶をしなければ、と意識を高めると、目の前のウォルフが縮んでしまい目を見開いた。

小さくなったのではない。

シルフィーネの前に、膝を突いたのだ。

「シルフィーネ」

「……っ」

名前を呼ばれて、息を呑んだ。

まるで騎士が忠誠を誓うように、片膝を突きシルフィーネの手を取るウォルフに、驚く以外の何ができようか。

　ウォルフの手にある自分の手は、なんて小さいのか。

　そんなことを考えてしまったのは、どこか逃避していたからなのかもしれない。

　しかしウォルフはそんなシルフィーネには構わず、止まらなかった。

「デナリの森を守護する者として、お前を我がクラン・テュールに迎える。これより先、お前は我がクランの一部。我がクランの魂。我がクランの総(すべ)てになる。俺が護るべき総てになることを誓い、俺はお前を妻に迎える」

　それは誓いだった。

　確かに誓いで、婚礼の儀式の時に交わした夫婦のものとは違う、ただ一緒に生活するだけではない、生涯魂まで添い遂げるための、誓いだ。

　言い切ったウォルフは、その証にシルフィーネの手の甲を自分の額に押し当てた。

「――――」

　まさかここまでされるなんて。

　この結婚が、憎み合うクランの諍いをなくすためだとしても、割り切ったつき合いになるのも仕方のないことのはずだった。

　身体つきで心配したように、シルフィーネはこのクランでは異質だろう。肉体的な魅力もないし、武器を持って戦う術(すべ)も知らない。

領主であるウォルフが結婚を甘受するとしても、彼がよそに愛人を作ることも多分にあり得る、と思っていたのだ。

それを許すほど、シルフィーネは寛容ではないが、容姿の違いからどうしようもないかもしれないとまで考えていた。しかしそれならば、領主夫人としての立場を確立するのは大事なことだと改めて気づき、絶対に負けない決意をしたばかりだ。

だと言うのに、彼はシルフィーネを迎え入れ、誓った。

胸の中に、心の奥に、じわじわと何か温かなものが込み上げてくる。

予想もしていなかったウォルフの行動に、シルフィーネははっきりと動揺していた。

この誓いに、どうすればいいのかすらわからなくなっていた。

いつも冷静でいるようにと、状況を的確に判断し、間違わないようにと教えられ、王宮でも鍛えられてきた自信すら揺らいでしまった。

こんな時は——どうすれば。

翡翠の瞳が揺れ、不安を感じた時、ウォルフが何事もなかったかのように立ち上がった。

そして改めてシルフィーネを見下ろす。

間近にすると、シルフィーネの頭は彼の胸の辺りまでにしか届かない。その大きさを実感しつつ、彼の満足そうな表情に気づいた。

なるほど。

シルフィーネは理解した。

これは、彼の挑戦なのだ、と。

この結婚はクラン・デセベルとクラン・テュールが、この先手を取り合うためのものだ。しかし、手を取り合いながらも優劣がないわけではない。

互いの立場を、相手よりも上に保つためには牽制も必要なはず。そしていかに自分を有利にするか。この誓いで、彼はシルフィーネを迎え入れた。しかしそれは支配下に置くという意味でもある。

そんなことにはさせないわ。

シルフィーネも、クラン・デセベルを背負っているのだ。こんなところで負けられるはずがない。

意を決して、シルフィーネもウォルフの手を取った。

シルフィーネの両手で持っても、彼の片手は大きかった。

「旦那様」

「……っ」

頭上から、息を呑んだような音が聞こえた。

シルフィーネは躊躇わず、習った通りの挨拶をした。

「新しきクランに属すことになり、気持ちを新たにお仕えいたします。この先、この身は旦那様のもの。如何様にもお使いください。けれど、この心はまだ私のもの。私の想いを汲み取り、どうぞ心を奪ってくださいませ」

淑女の会で教わった、婚礼の夜の新妻の挨拶だった。

これは結婚して身体を捧げるものの、本当に心から仕えてほしいのならば望みを叶えてみなさい、という宣言だ。

つまり、ウォルフはシルフィーネと身体を繋げても、心を捧げてもらうには相応の努力をしなければならないということだ。

妻に迎え入れたからといって、シルフィーネのすべてを奪っていいはずがない。確かにクラン・テュールで暮らすが、クラン・デセベルを見下すことにはならないのだ。

その気持ちを理解しなければ、ウォルフはいつまで経ってもシルフィーネからの信頼は得られないだろう。

言いたいことを言えて一安心すると、ウォルフが動かないことに気づいた。

シルフィーネを見下ろし、動作不良を起こしたように固まっているのだ。

「……？」

どうしたのかしら、と首を傾げる。

そういえば、この挨拶をした後、相手の取る行動は二通りだ、と宰相夫人に教わっていた。

けれどどのふたつなのか、答えは聞いていなかった気がする。

しかしウォルフは固まったままだ。

ならば、この戦いはシルフィーネの一勝と言ってもいいだろう。何しろ、こんなにも大きな男の人を固まらせることができたのだから。

自分に満足して手を離すと、びくりとウォルフが動いた。

「ま……っ」

「ま？」

思わず、といったように出た言葉は、意味を成さなかった。

何をしたいのか、とシルフィーネが聞き返すと、ウォルフは一度深く息を吐き、短い髪をざらりと撫(な)で上げた。

「……挨拶か。ならば、始めようではないか」

「始める？」

もう一度聞くと、ウォルフは大きな寝台を顎でクイッと示した。

「挨拶も終わったのならば、することはひとつだ」

「そ……そうですわね」

改めて言われると、緊張を思い出した。

大きな寝台だが、ウォルフの体格を考えると必要な広さなのかもしれない。

シルフィーネひとりだと、横に五回転くらいはできそうだが、ウォルフが大の字になって転がればいっぱいのような気もする。

シルフィーネは意を決し、この部屋を煌々と照らす四隅の燭台に目を向ける。

「……では、火を消しても？」

「どうして火を消す？」

「明るいからですが」

何を当然のことを言っているのだろう、と言い返すと、ウォルフも当然のような顔をしていた。

閨のことは、あまり明るい中でするものではない、と母に聞いたことがあった。

他人と肌を合わせるのだ。恥ずかしさは否めない。だから火を消そうとしたのに、ウォルフはこの明るさが当然のようでいる。

「明るくないと見えないだろう」

「見えなくてもいいと思いますけれど？」

「見えないとわからないじゃないか」

「何がですの？」

「すべてが」

「…………」

堂々と言われ、一瞬何を見て何を理解するのか、シルフィーネは考えた。

　しかし自分の細い身体を、まじまじと見られるのには気後れする。何しろ、服の上からでもわかる肉体美の塊のような逞しさを見せるウォルフや、クラン・テュールにたくさんいる魅惑的な女性の身体つきでもないからだ。

　確実に大きさでは負けているとわかっているのに、この身を晒すのは難しい。

　負けたくない、と目を細めてウォルフを見上げると、わがままを言うなとばかりに呆れた声が返ってくる。

「どうせ俺しか見る者はいないだろう。夫婦となったからには、その身体をお互いに余すところなく知る必要がある」

　そうなのかしら。

　一瞬思って、俯いて考える。

　確かに、シルフィーネは異性の身体をまったく知らない。そして知っておく必要があるのは夫となる者の身体だけだ。もし、何かがあった時、その身元を確かめなければならなくなった時、わかる者は必要だ。

　家族以外であれば、夫婦として夫のことは妻が、妻のことは夫が知っておくべきなのだろう。

「わか――」

　りました、と続けるつもりでシルフィーネは顔を上げた。

そして声が、息が止まった。

煌々と明るい部屋の中、寝台の前で、ウォルフが待っていた。

全裸で。

いったいいつの間に脱いだのだろう。

そう思ったけれど、確かにはっきりと目にした視界に、意識が一瞬固まって途切れ、はっと理性を取り戻した瞬間、シルフィーネは悲鳴を上げた。

「つきゃ——————!!」

間近で聞いたウォルフが顔を顰めた。

しかしシルフィーネは顔を両手で覆い、慌てて背中を向ける。

「なんだ?」

「な——」

なんだも何もないです?!

目の前の、一瞬のことでも動揺してしまったシルフィーネは、いったい何が起こったのか自分でも知りたかった。

なんなの、今のアレはいったいなんだったの。褐色の肌だとわかっていたけれど本当に全身同じ色をしていてびっくりしたし、本当に何かがくっついていてあれはいったい何かしら?!

服を脱いでも、ウォルフが逞しいことはよくわかった。

しかし異性の身体を初めて見たのだ。驚かないでいられるはずがない。

聞いていたのと、実際に目で見るのとにこれほど差があるとはシルフィーネもわかっていなかった。

心臓の音がうるさいほど耳に響いて、はっきりと取り乱している自分に狼狽えていると、扉の外で複数の足音が聞こえた。そして寝室の扉が叩かれる。

「シルフィーネ様?! どうなさいました?!」

「何をされたのです?!」

「何か無体なことをシルフィーネ様に?!」

エルマと侍女たちの慌てた声がした。

「ウォルフ様! 何が?!」

「兄上! どうした?!」

すると扉の反対側、窓の方からもクラン・テュールの者たちか、男の声が響く。

シルフィーネの悲鳴は、うるさいほど賑わっていた宴の中にもよく響いたようだ。

恥ずかしい。

シルフィーネが思ったのはそれだけだ。

何事か、とクラン中を騒がせたけれど、ただシルフィーネはびっくりしただけなのだ。なのにこんなにも慌てさせて、反対にどうしよう、とシルフィーネも慌ててしまう。

とにかく、問題が何かあったわけではない。エルマたちの言うような、無体なことをされたわけでもない。

問題はない。なんでもない、と気丈に返さなければ、とシルフィーネは扉の向こうに向かって言った。

「な、なんでもないわ！　大丈夫よ。びっくりしただけなの、ちょっとおっきくて、びっくりしてしまったの」

「…………」

冷静に、と自分に言い聞かせながら、驚いたことは確かだが、問題はないと心を落ち着かせ、侍女たちも安心するようにと言葉を探して言ったつもりだった。

「……？」

しかし扉の向こうから返事は聞こえなかった。

窓の向こうからも何もない。

聞こえなかったのかしら、とシルフィーネがもう一度「大丈夫」と言おうとした時、押し殺したような声で、反応があった。

「…………そうですか。なら……そうですか」

エルマのそんな声は初めて聞いた。

何か他に言いたげな感じだったけれど、それだけで足音は部屋から離れていった。窓の向こうも無人となったようで、また寝室にはふたりきりになってしまった。

なんとか事なきを得た、とほっとすると、背後から声がかかる。

「……そんなに自慢してもらわなくてもいいんだが」

「はい？」

どういう意味だろう、と振り返ったものの、相手の格好にまた慌てて背を向ける。

「あの、どういう意味ですの……？　というか、その、できれば、何か身に着けていただけないかと……」

「これから脱ぐ必要があるのにどうしてまた服を着なければならない？　というより、お前が今言ったことだろう」

「私、何か……言いましたかしら？」

背を向けていれば見えるはずもないのだが、何故か落ち着かなくなってシルフィーネは手で目を覆う。

「驚いたんだろう、大きさに？　自慢するほどのものでもないが、まぁ小さくはないのだろうな」

「ええっと……？」

いったい彼は何を言っているのか、とシルフィーネは混乱しながら考えていたが、次の瞬間に気づいた。

気づいてしまった。自分が何を言ってしまったのかを。

大きいが、身体の、ごく一部を指すことのように受け止められてしまったのだ。

「ちが……っ!! 違いますわ！ あれはその、身体が！」

そんなはしたないことを口にした自分が信じられなくて、そんなことを言ったわけではないと否定しようと手を握り締めて振り返るが、やはり待っているのは大きな裸体だ。

慌てて視線を彷徨（さまよ）わせて、大きなどことも言えない場所を見ないように必死で結局は両手で顔を覆った。

「もう！ 服を着てくださいませ！ 話せないじゃないですか！」

「着てまた脱ぐのか？ 面倒な。まぁ俺の大きさは理解したのならもういいだろう」

「大きさなんて知りませんわ！ 私が言いたかったのはその、身体が、背が、その」

「大きいのはわかったから、いい加減お前も服を脱いだらどうだ」

「脱ぐ……っ?!」

呆れたように言われて、シルフィーネは狼狽えた。

「服を着たままでは、わからないだろう」

「…………っ」

それもそうですが、と言いかけて、シルフィーネはもう一度背を向ける。

頬が熱い。

こんなにも動揺したのは、いったいどれくらいぶりだろう。

それに、野蛮な、とクランの者たちが言うこともわかった気がした。

クラン・テュールの者たちは、恥じらいもなく、偉そうで、気遣いもない。これでは仲よくできるはずがない、と改めて感じてしまった。

だがウォルフの言うように、このままでは前に進まない。だから仕方なく、恥ずかしさを押し殺しながら夜着の紐(ひも)を解いた。

「……向こうを向いていてくださいませ」

そう言いながら、前身頃を留める紐をひとつずつ解いていく。

簡単に着られる夜着は、簡単に解けてしまう。

こんなに頼りないものを着ていたなんて、とシルフィーネは気づきながら、それでも必死で脱ぎ進める。

身頃を留めている紐は膝の下まであったので、意外に多い。戸惑いが手にも伝わったのか、なかなかうまく動かないのもゆっくりになる原因だ。

それでも言われるように脱いでいたのに、突然背後から伸びてきた手に硬直する。

「――――っ」

「――遅い」

大きな手が、身体が、後ろからシルフィーネに覆いかぶさってきて、薄い夜着をはだけてしまう。

「な……っ?!」

「ただ脱ぐだけにどうしてそうも時間をかけられる？　確かめるついでだ。脱がせてやる」

「ま……っあ、あの……っちょ……っ！」

狼狽えて、上手く言葉すら紡げないシルフィーネのことなど気にせず、大きな手はいとも簡単にシルフィーネの夜着を奪ってしまった。

その下に一枚、さらに薄いシュミーズを身に着けていただけのシルフィーネは羞恥に固まってしまったが、それを好都合とばかりに細い肩から紐を下ろし、それさえ脱がしてしまった。

「――――っ」

シルフィーネは息を呑んだが、一仕事を済ませたというようにウォルフは満足そうに息を吐いた。その吐息にぞくりと震える。

「白いな」

単語ひとつに、また震えそうになった。

ウォルフは背後から、シルフィーネの手を取り、滑らかさを確かめるように褐色の手を腕に滑らせる。

「本当に……」

ウォルフに真上から見下ろされて、背後から抱きしめられた格好で逃げ場もなく、シルフィーネは狼狽(ろうばい)していた。

感嘆したような声に合わせて、ウォルフの手はシルフィーネの肌をたどり喉に触れるとそのまま顎を支えて持ち上げた。

すると、自動的にシルフィーネはウォルフを見上げる格好になる。真上にウォルフが、と思ったが、視界はすぐに塞がれた。

「……ん！」

思わず目を瞑ってしまったが、何か触れたと思った瞬間、唇に自由がなくなった。分厚くて、しっとりとしたものに覆われて、堪らず閉じた唇を何かがこじ開けようとしてくる。

何か、としっかり考えるよりも前に力が負けてしまい、シルフィーネはその何かを受け入れた。

口の中に、食べ物以外のものを入れたのは初めてだった。

これは……何かしら？

まだ混乱も冷めやらぬまま考えて、ようやく今、シルフィーネは口づけを受けていると理解した。

しかし、これが本当に口づけなのか、怪しんでしまう。

「ん、ん……っう、んっ」

ウォルフの唇は、舌は強引で、まるでシルフィーネの呼吸すら奪ってしまうのではというくらいの勢いで口腔を舐めてくる。

歯列をなぞるだけでなく、上顎や奥で縮こまっていたシルフィーネの舌を自分のものに絡めて唾液を溢れさせてくるのだ。

こんなに苦しいものが、口づけであるはずがない、とまで考えているうちに、頬が熱くなり、頭もぼんやりとしていつの間にか身体から力が抜け落ちる。

ウォルフが支えていなければ、床に崩れ落ちていただろう。

「——ん、場所が悪かったな。寝台へ行くか」

「……はぁ」

唇を解放され、大きく息を吐いたけれど、ウォルフは平然としていて、細いシルフィーネの身体をひょいと抱き上げた。一歩歩いただけで寝台にたどり着き、そのまま柔らかな敷布の上に下ろされる。

両側に腕を降ろされ、上から覆いかぶさられると、本当に逃げ場をなくしたようで焦った。逃げる必要などないし、逃げることなどできないのだが、本能が不安と怯えを感じているようだ。

これからすることを知っているはずなのに、こんなにも狼狽えるのは、とにかく恥ずかし

いからかもしれない。そう思うと、あまりに平然としているウォルフが憎たらしくも思えてつい睨み上げてしまう。

「――誘っているのか」

「さそ……ってなどいませんわ?!」

睨んだつもりがおかしな行動に見られ、慌てて否定する。

意思の疎通ができていない気がする。

そう思うと、クラン同士を繋げるための結婚の、先行きが怪しく思えた。

まじまじと見られることも恥ずかしくなり、堪らず胸を両手で隠してしまったが、それを難なくひょいとウォルフの手によってどけられてまた胸が露になる。

「ま……っん!」

次に何が起こるのか、わからなくて止めようとした声は途中でくぐもってしまった。ウォルフがそのまま顔を伏せ、シルフィーネの胸元に埋めたからだ。

「ん……っ」

唇が、肌が、身体が他人の体温を感じることが、こんなにも落ち着かなくなることを、シルフィーネは初めて知った。

ウォルフはシルフィーネの肌を舐め、手でその丸みを確かめるように乳房を包み、やわやわと揉(も)みしだく。大きなウォルフの手には、小さいかもしれない。そう思っていた通り、すっぽりと覆われてしまう。なのにウォルフは執拗にその柔らかさを確かめるように、手を止めない。

「ん、は……っん」

緊張しているせいか、身体は硬いし、呼吸も落ち着かない。身動きすることすら躊躇われて、シルフィーネはこの状況が自分の手に余るとすでに混乱に陥っていた。

それでもどうにかしなければならないと、必死に自由になった手を動かしてみるものの、さてどこに置けばいいのかと迷う。

「んん……っ」

ウォルフの唇が、シルフィーネの首筋をなぞる。

肌の上を、舌で確かめているような動きに思わず肩を竦めてしまい、両手で勝手に動くウォルフの頭を掴んだ。

ぎゅっと掴んだつもりだったが、その力ではウォルフの抑止力にはならなかったようだ。むしろ頭を撫でられたと思ったのか、もっとと強請るように手に頭を擦りつけてくる。

「あ……」

思ったよりも、柔らかい。

ウォルフの短い髪に触れ、シルフィーネはそう思った。

刈り上げられた後頭部も、ざりざりとしていてつい触り続けてしまう面白い感触だ。

ウォルフの手はようやく胸から移動し、作りがまったく違うシルフィーネの身体を弄っているようだ。

肩から腕、指先を確かめると、胸をたどりお腹に下がり、腰の薄さを摑んではまた下へ向かいつま先までの長さを測るように全身に触れる。

「ん……っ」

それが、力強い大きな手でありながら肌の上をなぞるだけでいるから、却ってシルフィーネは身体を震わせてしまう。

それをじっと見ていたウォルフは、シルフィーネの頰に手を当て、親指で下唇に触れる。

「……ウォルフ様？」

「……柔らかいが、細いな。壊してしまいそうだ」

改めて言われると、シルフィーネも身体の違いをまざまざと感じた。

男女の違いは確かにある。しかし、種族の違いすらあるのでは、と思うくらいシルフィーネとウォルフは違っている。

白く、細いシルフィーネに対し、ウォルフは何も身に着けていなくても強さを感じた。

褐色の肌は硬く、どこに触れても筋肉質なのがよくわかる。肩幅も広く、その腕に抱きしめられたらシルフィーネはふたり分くらい入りそうなほど大きい。かと言って硬いだけではなく、その肌からは温もりも感じられる。このままどうなるのか、と不安がないわけではないが、閉じ込められるように重なっていても、傷つけられるような不安はまったくなかった。

憎み合うクラン同士の結びつきだけを考えた結婚だ。

貴族には、そう言った形式だけの結婚もあり、夫婦づき合いが希薄なところもあるというのは、淑女の会で聞いていた。その夫婦の場合の閨事は、ただ子供を、跡継ぎを作るための行為であり、温もりも感じられず、ただ女性は痛みを耐えるだけだとも聞いた。

もしかしたらそんなふうになるのかと思わなかったわけではないだけに、シルフィーネはこの状況が不思議でもあった。

大きなウォルフに、小さなシルフィーネ。

不安があるとすれば、大きいと思ってしまった彼の一部だろう。

ウォルフの懸念に、シルフィーネはお互いの身体の間で思わず視線を下げてしまい、相変わらずそこに存在する何かを、直視することはできずまた視線を上げる。

なんだか、さっきよりも、大きくなっているような。

そんなふうに思ってしまうと、ウォルフの言葉にただ頷いてしまう。

「……そ、そうですわね。ちょっと、ここは一度、待ってくださる、と……」

嬉しい、と続けたかったのに、ウォルフは待つつもりなど毛頭なかったようだ。

大きな手はシルフィーネの腹部に触れ、そのまま下に降りて薄い下生えを擽(くすぐ)り脚の間に潜り込んでいく。

「あ……っ」

「触ってみないとわからない」

「あ、あ……っん！」

長い指が、シルフィーネの秘所を弄っている。

言葉にはできない感覚が全身を駆け巡り震わせて、思わず硬い腕を挟んだまま両足を擦り合わせた。

「ま、ま……っんう！」

待ってほしい、と頼むつもりだったのに、ウォルフはもう片方の手でシルフィーネの顎を押さえ、もう一度唇を塞いだ。

「ん、ん、ん……っ」

口づけが激しい。

舌が生き物のように、シルフィーネの口腔で暴れて、くちゅくちゅと嫌な音を立てた。そんな音を立てていることが、聞いていることが恥ずかしくて頬がさらに熱く感じた。堪らずウォルフを止めようと、圧しかかってくる肩を手で押し返そうとするのだが、まったく動かなかった。

シルフィーネの抵抗など仔猫のパンチよりも弱いと思われているのかもしれない。

押し返してもだめなら、と今度は叩いてみた。ぺしぺしと音を立てて肌を叩いているのに、ウォルフの勢いは止まらない。

どうして、待って、そんなところを、触らないで……！

舌を搦め捕りながら、長い指が器用にシルフィーネの秘所を暴く。誰にも触られたこともない場所のすべてを撫で、襞を割り、敏感な場所を探して蠢く手に、ウォルフの肩を叩いていた手はいつの間にかしがみつくように握り締めていた。

そうしてやっと、ウォルフはシルフィーネの口を解放する。

「ふ、あ……っん」

ようやく離れた唇は、唾液で溢れ、舐められすぎて腫れているような気がした。

敷布に後頭部をつけ、力の入らなくなった身体を持て余していたが、口づけはやめても手を止めないウォルフの声に耳を疑った。

「……よくわからないな。やはり見なければ」

「——えっ」

シルフィーネが驚いている間に、ウォルフは動いた。

褐色の手は、シルフィーネの肌の上にあるとよく目立つ。そんなことを考えていたからウォルフの行動を制止するのに遅れてしまった。

彼はシルフィーネの脚を開くと、そのまま身体をずらして顔を埋めてしまったのだ。

「ま——ってくださいませ！　そんなとこ、ま、あ、あっちょ……っんぁ、あっま」

「――なるほど、これか」

「ふぁぁあんっ」

自分の脚の間で、何やら納得しているウォルフに戸惑いと羞恥しか覚えない。

必死で止めようと声を上げても、指で散々弄った場所を見られながらまた弄られるのはいっそ気を失ってしまいたいくらいの恥ずかしさだった。

こんな……こんなことを！　夫婦になったらしているのかしら?!

とてもじゃないが直視できないと、シルフィーネは自分の顔を両手で覆った。しかし見えない分、直接身体は感じることに集中してしまう。

「狭いが、挿れてみよう」

どこに？　何を？

シルフィーネの問いは声にすらならなかった。

「ん、あ、あ、あああぁっ」

ぬるりとした感触と、大きな異物感が自分の身体を襲ったからだ。

「ま……っって、くださいい、ませっ、そん、そんな、何を、い、いったい……っんん！」

「指を挿れた。なるほど、これは慣らさなければ難しい」

「何を――ん！」

痛みを堪えるように顔を顰めていたが、本当に何をされているのかが不安になってシルフイーネは思わず顔を起こし、ウォルフの所業を見てしまった。

彼は迷うことなく、シルフィーネの下生えに向かって口を寄せたのだ。

そして音が聞こえるほど、そこを吸い上げた。

「ひぁあっ、ん、ま、まって、それ、だめですわ！　そんな、ことは、だめで、すっだめ、んん……っ」

じゅく、と厭らしい音がしたのは、ウォルフの唾液のせいかもしれない。

自分の身体がどうなっているのかなど、もうシルフィーネは考えることを放棄したかった。ただ恥ずかしさと不安で震え、耐えているしかないと目をぎゅっと閉じてみたが、慣れたようにウォルフの舌が、手がシルフィーネの身体を弄り、不安だけではない何かを呼び起こしてくる。

「ん、んぁ、あ、あっや、なん、なに、か、あっそこ、そこは、なん、かっだ、だめっだめですっ」

必死で言葉を紡ごうとするのに、絶え間なく身体に受ける衝撃のような疼きがシルフィーネから思考を奪っていく。

「これか？」

「ひあ、あぁぁんっ」

一際大きく、シルフィーネが痺れを感じた場所を、秘所の奥で硬くなっていた場所をウォルフは的確に見つけて舌で強く刺激した。

その衝撃は、疼きは、一気にシルフィーネを高みに押し上げて、放った。

びくん、と身体が大きく揺れる。痺れているように、小刻みに震えるのを止めることもできない。

「う……っん、ふぁ……っ」

今のは、と一瞬真っ白になった頭で考えても、すぐに答えは見つからなかった。

「少し緩んだな……」

「んん……っ」

ウォルフの言葉通り、シルフィーネの身体は柔らかくなったのか、それまで強かった異物感がなくなったわけではないものの、さらに深くまで受け入れることを許したようだった。

ぬるぬると指が動くことを受け入れながらも、まだ心が準備できていない。

いつの間にか零れていた涙をそのままに、シルフィーネはウォルフを見た。

金色の目が、怖いほどの意思を持ってシルフィーネの身体を見ている。真剣な表情で、シルフィーネの身体を開くことに夢中のようだ。

それにまた、怯えを感じてシルフィーネは視界が滲むのを止められなかった。

「ん……っ」

押し殺したような声は、喘ぎを抑えたものではない。

それに気づいたのか、ウォルフがシルフィーネの顔を覗(のぞ)き込み、泣いていることに目を瞬かせた。

「どうした？　やはり痛かったのか？」

痛かった！　と叫びたかったのに、一度泣き出してしまった声は上手く出てくれなかった。

「シルフィーネ？」

泣くなんて、子供みたいで恥ずかしい。

それでも涙は止まらないし、上手く声も出ない。

「シルフィーネ」

もう一度、ウォルフが名前を呼び、その腕の中にシルフィーネを包んだ。

やはりすっぽりと入ってしまうくらい、大きさが違う。

寝台に転がるように、ウォルフに抱きしめられた。その暖かさに、何故だか気持ちが緩む。

思うまま涙を零し、感情が溢れる。

「……こ」

「こ？」

「こわかった、ですわ！」

思わず、素直に言ってしまっていた。

「なんだかわからないものが奥の方にあって、押し上げられたというか締めつけられるような気持ちがいっぱいに……」

　自分の気持ちをどうにか言葉で言い表せないかと考えながら声にしていると、それが「絶頂」というものだと気づき、シルフィーネは全身が赤く染まった気がした。

　思わず顔を両手で塞ぎ、ウォルフの腕の中でくるりと身体の向きを変える。胸に顔を埋めていたが、少しでも顔を見られることが恥ずかしくなってしまったのだ。

「どうした？」

「な、なんでもないですわ?!　ちょっ、ちょっとびっくりしただけですもの！」

　まさかあんなことで、あんなふうに、とシルフィーネは自分の身体なのに自分の知らないことばかりが起こって混乱していた。

　耳で聞いていたことと実際にするのとでは、まったく違うようだ。

とにかく、こんなにも恥ずかしいとは思ってもいなかった。

「今度は何にびっくりしたんだ」

　少し呆れを含んだ声が背後から聞こえる。

　後ろといっても、抱きかかえられている状況だから、直接耳に届くようなものだ。それにぞくりと身体を震わせながら、とても言えるはずがないと首を振る。

「な、なんでもないですから！　さ、続きをなさってくださいませ！」

「そう言っても、びっくりされ続けて泣かれても困る」

「う……」

そうならない、と断言できない自分にシルフィーネは口ごもる。

しかしどうしたら、と考えている間にも、ウォルフは勝手に解決策を考えたようだ。

「つまり慣れたらいいんだろう」

ウォルフはそう言って、抱きしめるようにしていた手をシルフィーネの身体に這わせ始めた。そして後ろからまた胸を包んで、その先端を指で摘まむ。

「……え、んっ」

「慣らしに時間がかかるのは、想定内だ」

言いながら、ウォルフはシルフィーネの長い髪を避け、首筋から肩に口づけを落としつつも胸を弄る手を止めない。

「あ、あっあんっ」

「……そんな声をされると、俺の我慢も時間の問題なんだが」

「や、ぁんっだ、だって、あっ」

声を上げるな、というのもシルフィーネには難しい。上げようと思って上げているわけではないのだ。

ウォルフの刺激が強すぎて、堪らず出てしまうだけだ。

「ん……っウォルフ様は、いじわる、ですわっ」

「……意地悪というのは、俺をこんな状態にさせておくお前のことではないのか？」

「ひぁ……っ?!」

低い声と一緒に、後ろからぴたりと身体を密着させたウォルフは、ぬるりとシルフィーネの脚の間に何かを埋めた。

ずるりと一気にシルフィーネの秘所を擦り上げていく硬いものに、全身がぞわりと震える。

まさか、と考えるまでもなかった。

大きな、とシルフィーネが思ったものが、後ろから脚の間に挟まり秘所の襞を割って押し上げているのだ。

「そ、そんな……っ」

いきなりは、とシルフィーネが狼狽えるのも無理はない。

大きなものと見たが、実際に身体で感じてみると、予想以上に大きな性器がシルフィーネに触れていた。

「挿れるわけではない……まだ慣らし終えていないようだ」

「ひう……っん！」

ウォルフは言いながら、シルフィーネの脚の間で擦るように腰を揺らした。

上に押し上げようとする彼の性器は、それだけでシルフィーネの秘所を敏感に擽っていくのだ。

「このまま……いや、これもなかなか……このままでも……？」

「あ、あっあっ」

ウォルフは何を言っているのか。

シルフィーネは次第に速くなっていく彼の動きに慣れず、身体を思わずぎゅうっと小さくして構えてしまう。脚をぎゅっと閉じる動作が、ウォルフをさらに刺激しているとも知らずに。

「挿れなければいいのか？　胸は、この小さな蕾は、先ほど気持ちよさそうにしていたな」

「あんっ！」

きゅっと胸の先を摘ままれ、反射で声を上げてしまった。

慌てて抑えてもしっかりウォルフの耳には届いている。

「――なるほど、攻めよう」

「え、えっ？　あ、あの、あ、あっん！」

ぬちぬちと大きな性器が秘所を、襞を開くように擦り、大きな手が胸を弄る。

それだけでシルフィーネはおかしくなってしまいそうだったのに、後ろから顔を寄せてきたウォルフに顎を取って振り向かされ、唇を塞がれる。そしてもう片方の手はシルフィーネの手を取り、秘所へと導かれた。

そこで触れたのは、先端の丸い何かだ。

丸いけれど、硬い。まるで意思を持っているように動いて、ぬるりと濡れている。

そんなもの触りたくないのに、大きな手がシルフィーネの手を包んでいて逃がさず、速まる腰の律動に合わせてグリグリとそれを押さえさせられた。

「ん、んんっん――――ッ」

呼吸すら口づけに奪われた気がした。

もう一度昂らされた感情は、苦しい中で放たれて、ウォルフも次いで荒い息遣いになっていることに唇が離れてから気づいた。

唇は離れたものの、間近で金色の瞳がシルフィーネを見つめている。

その目に、強さに、これまで以上の欲が溢れているのを感じてしまい、シルフィーネは狼狽えた。

そして手に押しつけられたものが、さらに生暖かいものでぬめりを帯びているのにも気づく。自分の手いっぱいに溢れるものはなんなのか。

知っていたけれど、実際に触れて、理解して、頭が真っ白になった。

こんなこと、習っていないわ！

シルフィーネはそう言って、いっそ気を失ってしまいたくなった。

三章　蜜月の条件

妖精がいた。

幼い頃、祖母に教えてもらった妖精というものを、初めて見た。

彼女が、俺の嫁になるのか？

つまり、俺のものになるのか？

そう思うと、全身がかっと熱くなった。

それがウォルフ・アッカー・テュールが、シルフィーネ・ジエナ・デセベルと出会った時のことだった。

結婚が決まったのは、ウォルフがクラン・テュールを継いで間もない頃だ。

あまり王宮にも王都にも行ったことがなかったが、代替わりした挨拶を兼ねて王に拝謁した時、王子であるアレクシスから声をかけられたのだ。

アレクシスとはいくらか面識があった。王子でありながら放蕩者と呼ばれるほど国内外を見て回っていた時、ウォルフのクランにも何度か立ち寄っていたからだ。長く話したわけではなかったが、噂(うわさ)されるような気楽な放蕩者ではない、と感じた。

その直感は正しかったのか、今は弟を王太子とするべく指導しているらしい。広い世界を知る彼のことだ。よい指導者になるだろう。

そう思いながら懐かしさを感じつつ挨拶をして、ところで、と言われたのが自分の結婚の話だとは、ウォルフもまったく予想していなかった。

結婚は、いつかしなければならないとは思っていた。

クランの領主となった以上、跡継ぎも必要だったからだ。

ただ、結婚相手を考えた時、クランにいる女たちを見ても何も感じず、どうするべきか、とは考えた。ウォルフはもう三十歳になる。男であってもそろそろ結婚しなければならない歳だろう。

そんな時に持ちかけられた結婚だ。

「――つまり、国内平定の一環としてだと？」

アレクシスから提案された結婚に、顔を顰めたのは無理もないだろう。

何しろ、多くのクランがある中で、一番近く、しかし一番険悪なクランの娘との結婚を提案されたのだ。

アレクシスは貴族だからなのか王族だからなのか、砕けた態度であっても洗練された動きで肩を竦めた。

「そうだ。君に相手がいるなら考慮しないでもなかったが。ウォルフ、君は領主となったんだ。国として、クラン同士が憎み合っているままなのも捨て置けないからな。この辺りで決着をつけてもらいたいんだよ」

「……それは」

ウォルフは即答を躊躇った。

正直なところ、ウォルフ自身は敵対しているといってもいいクラン・デセベルのことを、憎んでいるわけではないからだ。

クラン・テュールとクラン・デセベルが憎み合っている、というのは国中で知らぬ者はいないほど評判になっているらしい。しかもその原因が、クラン・デセベルの領主にクラン・テュールの領主の婚約者が奪われたことによる、いわば色恋沙汰だ。

もちろん、クランとして一族が侮辱されたことに変わりはない。

当事者はウォルフの祖父だ。今は亡き祖父だが、なかなか激しい気性の持ち主だったと覚えている。クランの領主の女が奪われたのだ。クラン全体が加害者のクランを憎んでもおかしくはないだろう。

しかし祖父自身もその後他の女と結婚したし、クランの存続になんらかの影響を与えたわけではない。恥をかかされたと言えば腹立ちは治まらないだろうが、クランとして、この先もハイトランド王国の中で存続するためには感情を切り捨てるべきだった。

ウォルフは公私の区別をつけるべきだ、と思ったのだ。

デナリの森で暮らすクランテュールだが、森を抜ければクラン・デセベルの領地だ。いつまでもいがみ合っていては、いつか本当に取り返しのつかないことになりかねない。

「……俺の一存で答えていい問題ですか？　結婚ならば、相手あってのことでしょう」

「――こちらの方も問題はない」

王族であるアレクシスからの命令だとしても、ふたつのクランが関わるならどちらの意見も必要だろう、と思ったのだが、いつの間にか部屋の中に入ってきた男が答えた。

すらりとした姿は、貴族そのものだった。

しかし何度か顔を見て知っている。彼がクラン・デセベルの領主、サラディンだ。

「――もう話はついていると？」

憎いはずのクランの領主を前にして、その落ち着いた態度にウォルフも怒りは感じなかった。

ウォルフの言葉にふたりが頷いた。アレクシスから受けた提案がすでに相手にも通っているのだとわかる。

しかしウォルフは確かめないではいられない。

「俺と結婚すると、そちらの方は了承しているのか？　クラン・テュールの人間になることを？」

「妹は、シルフィーネは政略結婚も受け入れる。そういうふうに育てられたからな。しかも王宮に嫁がされるよりは、クランの領主の方がましだ」

「政略結婚……」

サラディンの言葉を、ウォルフはつい繰り返してしまう。

そうだ、これは政略結婚になるのだ。

「君が他にどうしても結婚したい女がいるというのなら、別の案を考えるが……」

アレクシスの言葉に、気を遣ってもらっている、と感じたウォルフは、考えるよりも前に頷いた。

「他に女などいません。ハイトランドのため、クランのためなら俺はどんな女でも受け入れましょう」

「シルフィーネはその辺にいるような女ではない」

自分の妹を侮辱されたと思ったのか、初めてむっとしたサラディンにウォルフは肩を竦めた。

「そういう意味ではない。クランを継いだ以上、結婚は必須だった。相手を見つけてもらって感謝しているくらいだ……他のクランの領主の妹なら、立場的にも問題はないだろう」

「そうだな。クラン・テュールとクラン・デセベルでなければなぁ……」

「アレクシス王子……結婚を言い出した貴方に言われたくないんですが」

サラディンの言葉にもっともだ、とウォルフも頷いた。

「まぁ、いいじゃないか。では詳細を決めよう」

ふたりの領主からの視線に悪びれない笑みを返したアレクシスに、その場は和んだ。

ウォルフはその時、初めて憎み合っているはずのクランの領主と話し合った。そこでどうやら、相手も周りに言われているほどこちらを憎んでいるわけではないと知る。

お互い、祖父のしたことと割り切り、今のクランのためになることを現実として考える方が大事だったのだ。

ただ、クラン全体の感情はまた別だろう。

王都から領地に帰り、結婚話をクランに、まず側近の者たちに話したところ、最初は喜んだものの相手の名前——クラン・デセベルという名前が出た途端に、どよめきが起こった。

そしてすぐに、大きな反発が起こる。

特に、声を大きくして反対したのはウォルフの弟であるハバリだ。

「どうしてだ⁈　なんで兄上があんな軟弱者で裏切り者のクランの女と結婚しなければならない⁈」

それに同調する声はいくつも上がったが、ハイトランド王国の、永い平穏を望む王からの命令だと言えば文句をつけられるはずがない。

しかし声には上げないものの、感情が宥められるわけではない。不満を持ちながらも、仕方なく受け入れる。そんなクランの者たちの態度はウォルフにもよくわかった。

「諍いを続けていても、何が治まるわけではない。これは王の調停でもある。我々はデナリの森の一族だが、クラン・テュールとしてハイトランドの未来を担うクランでもある。一時の感情ですべてをふいにするような、情けないクランと嘲笑われることだけは許されない。公私の区別をつけ、受け入れることがクランとして大事なんだ」

ウォルフの言葉に弟を始めクランの者たちは悔しそうな顔をしたが、他のクラン、特にクラン・デセベルの者たちから侮られることだけは自尊心が許さないのも確かだ。

一応全員がクラン・デセベルから嫁を取ることを受け入れた。

ウォルフとしても、安心することだった。

領主になる前から、クランの女たちから秋波を送られているのは自覚している。結婚に、女に興味がなかったわけではない。「兄上は真面目だから」とハバリは言うが、興味自体はあったのだ。女体に。

ただ、その感情を抱ける相手を選べなかっただけだ。

だからウォルフは、この政略結婚という命令に実は喜んでいた。自分で相手を見つける必要がなくなり、自分の興味を満たしてくれるものが手に入るのだから。

その思いが滲み出てしまったのか、王宮での話し合いの場で、サラディンに何度も念を押された。妹の安全を、しつこいほど念を押された。

あまりにしつこいので、もしや問題のある女なのではと疑ったほどだ。

しかしそれも、現実に彼女に会うまでのことだった。

妖精は、シルフィーネはさらさらとした白金の髪で、肌は透き通るほど白かった。おそらく、全身のどこにも染みひとつないに違いない。丸い形の目の、けぶる睫(まつげ)から見える瞳は宝石の翡翠そのものだ。

小さくて細い手足は優雅に動き、まるで背中に羽でも生えているのではないかと確かめたくなる。

平静を保たなければ、視線はずっと彼女を追いかけてしまう。それを必死に隠しながら、実のところ早くふたりきりになりたい、とずっと願っていた。

婚礼の儀式も披露宴もすっとばして部屋に籠りたかった。あまりにそんなことばかり考えていたせいで、何をしてもおざなりだったかもしれない。そしてようやくふたりきりになった時、性急にしすぎたと気づいたのは、シルフィーネの涙を見てからだ。

シルフィーネの身体が、すべてが、自分の想像通りなのかどうか、見て、触れてみたくて仕方がなかった。

しかし彼女を怯えさせたかったわけではない。

シルフィーネは本当に小さく、そしてウォルフは大きいのだ。

どうにかしてシルフィーネに気持ちよくなってもらいたい。自分を受け入れてもらいたい。

そのためにはなんでもするだろう。

「ん、ん、んぁ、あっ」

結果として、ウォルフが選んだのは慣れてもらうことだった。

ウォルフの身体でシルフィーネの身体に触れ、身体の奥まで柔らかくなってもらおうと余すところなく、舐めた。

「ま――まっ、て、くださ、い、まっぁん！」

シルフィーネを抱きしめ、全身を使って撫でるように、手足を絡めて唾液が枯れるまで舐めた。いや、唾液はいつまでたっても枯れなかった。極上の料理を前に、なかなか食べていいという許可が下りずに絶えず溢れてくるように。

「だ、だめです、だめです、わ?!」

シルフィーネの話す言葉は、王宮で聞くような気取った貴族そのものだ。

貴族の話し方を初めて耳にした時、気位ばかり高く、意味を成さない言葉だと不快にも感じてしまったのだが、どうしてかシルフィーネが紡ぐと身体がぞくぞくと煽られる。

それで抵抗しているつもりだろうか、と訝しむほどの小さな抗いに、そんな言葉遣いで必死にウォルフを止めようとするのがますますウォルフを煽るのだ。

「お前はここを舐められるのが好みらしい」

「んぁ、んっ！」

丸い乳房は、ウォルフの手にすっぽり収まるほどだったが、あまりに柔らかくなめらかでいつまでも掴んでいたくなる。そしてその先端で硬く尖った乳首に舌を絡めると、シルフィーネは腰が揺れるほど反応してくれる。

最初は硬くなっていたシルフィーネだが、こうして彼女が感じる場所をひとつひとつ確かめていけば、ウォルフにもどこをどうすればいいのかよくわかる。

学習能力は高いと自負していた。

「だがここも、好きだろう……なかなか綻んできたと思わないか？」

「あぁぁんっ」

ウォルフの唾液か、それとも一度吐き出した白濁か、もしくはシルフィーネが達したことによる愛液か。そのすべてかでシルフィーネの秘所は充分潤っていた。

指を滑らせるだけで無垢な襞が開き、その中で花芽がまるで弄ってほしいと言うように硬くなっている。これを指で刺激するのも、舌を絡めるのも、シルフィーネが震えるほど感じてくれるのだとすでに理解した。

女の身体は、こんなふうになっているのだ、と理解した。しかし興味は尽きない。

これは女の身体だからなのか、それともシルフィーネだからなのか。考えたものの、自分の妻は彼女ひとりだと思うと、どちらでもよくなる。

ウォルフがこの先、睦み合うのはシルフィーネだけなのだ。

「ん、ぁ、あぁぁ」

シルフィーネの反応を見ながら、指を中に埋めていく。

最初は硬く抵抗しかなかった膣内が、圧迫してくるもののぬるりと受け入れてくれる。

「あ、あ、や、ま、まっぁん！」

「そろそろいいか」

指を二本に増やしてみても、シルフィーネは受け入れる。熱い内壁を指の腹で撫でてやると、腰を浮かせて跳ねた。細い腰だった。ウォルフの両手で摑みきれるほどの細さに、本当に自分のものが入るのだろうかと疑問が浮かぶ。

シルフィーネの脚を開き、腰を推し進めてもう先走りに濡れている陰茎を擦りつける。

「ひぁ……っ」

シルフィーネの身体がびくりと揺れた。

それは快楽に痺れた、というより驚いたからだろう。一度視線をそれに向け、慌てて外し、どこを見ればいいのかわからず落ち着かない様子のシルフィーネは、迷っているようだった。

「あ……あの、でも……その、やっぱり……大きすぎるような」

「自慢するわけではないが、小さくはないな」

「わ、私が、小さいんですわ！　だから、その……っ」

「なんだ？」

この綺麗で、可愛い頭が何を考えているのか。

ウォルフにはまったく予想がつかない。だから言いたいことはなんでも言ってほしかった。

クランの女たちとは、何もかもが違うのだ。同列には扱えないほど、シルフィーネは際立っている。

そしてウォルフは、自分が男であると、はっきり気づいた。

ウォルフは、シルフィーネを自分のものにしたい。このまま征服したかった。

誰にも見せず、触らせず、自分だけのものにしてしまいたい。

そんな感情が自分にあると、ウォルフは初めて知った。

だからなおさら、彼女が考えていることが知りたい。

「は、はいらなければ、どうなさいますの……？」

「………」

震えながら、ようやく言ったシルフィーネに、ウォルフは考えた。

挿らない。

そんなことは考えたこともなかった。

もう、正直なところシルフィーネに挿れることしか頭にない。

しとどに濡れている陰唇は、自分の陰茎を待っているとしか思えないのだ。

「ふ、ぁんっ」

少しウォルフが腰を揺らしただけで、びく、とシルフィーネが震える。潤んだ目が、ウォルフを見上げていた。

それを見て、怯えられているわけではない、とウォルフは気づいた。

不安がないわけではないのだろう。しかしウォルフと同じに、この先を求めていないわけではないと、本能が気づいてしまった。

「――挿るだろう」

「ど、どうしてそんなはっきり……っん」

ウォルフはゆるゆると腰を揺らしながら、シルフィーネの陰唇を割り、陰茎を進める。

「お前が俺の妻だからだ」

「――え？」

ウォルフの言葉に、意味を理解できなかったのか目を瞬かせたシルフィーネは、恐ろしく可愛かった。

「お前の身体は、俺のものだ。俺にぴたりと合うように作られている」

「そ、そんなまさか――ん、ん――――っ！」

ぐっと奥に押し入ると、一度強い抵抗があったものの、そのまま行けるところまで埋めた。

何度も柔らかくしたはずのシルフィーネの身体が、びくりと硬直してしまったようだが、ウォルフはもうどうすれば解(ほぐ)れるのか知っている。

「俺の妻なのだから……俺のものは挿って当然、だっ」

「い、意味が、わかり、ません、わ……っあ、ああっ」

はっきりとシルフィーネが顔を顰めたが、ウォルフは止まらなかった。

恐ろしくきついが、恐ろしく気持ちがいい。

自分の下腹部が、シルフィーネの恥丘にぴたりとくっつくほど押し入り、彼女の愛らしい顔が苦痛に歪むのを見て、ひどい高揚感を覚えた。

これで、彼女は俺のものだ。

そう思うと、もっと猛った。

「んあぁあっ」

ずる、と一度引き抜くと、シルフィーネが悲鳴を上げる。

征服することに頭の奥が真っ赤になるが、もっと違うものも引きずり出したくなった。

これはなんだろう、と自問するが、答えは見つからない。いや、今はそんな暇はない。

何か、と思うものすべてに手を出し、シルフィーネのすべてを暴きたい。貫き、破瓜の色を見て、震えて涙するシルフィーネに、もっと違うものがあるのなら知りたいと欲求が止まらなくなった。

「……シルフィーネ」

「ん、んぁあ……っ」

腰を撫で、乳房を包み、喘ぐ唇を塞いだ。

しかし舌を絡めて奪うようなものではなく、唇で彼女の柔らかさを確かめるように口づける。声を消してしまいたくないと何度も啄んだ。

「ん、ぁ、あん、んっ」

それに合わせて腰を揺らすと、思った通り彼女は喘ぐ。

想像以上だった。

シルフィーネの中に挿れることは、ウォルフの想像以上に気持ちがいい。

「——っくそ」

「あ、あ、ぁん！」

思わず悪態をついてしまうほど、ウォルフは我慢できなかった。強く腰を突き上げ、あっけないほどすぐに果てた。

びくり、とシルフィーネが揺れたのは、膣の奥でそれを受け止めたからかもしれない。

ウォルフの吐き出したものを、シルフィーネが受け取った。

それに心の底から満足した。

「……んっ」

シルフィーネは、ウォルフがまだ中に収まったままでいることに小さく震える。

それを見て、ウォルフは貪欲な自分に気づいた。

満足した。だが、それは簡単に次を求めるものらしい。

上気したシルフィーネの頬が、潤んだ視線がウォルフを見上げている。それは誘っている以外には取れないものだった。

「あ、の……っウォルフ、様?」

ウォルフは身体を繋げたまま、シルフィーネに覆いかぶさり、染まった頬から首筋に唇を落として細い身体を抱きしめた。

「まだ夜は長い」

「……えっ、あの……お、おわ、もう、もうおわ……っあん」

戸惑ったシルフィーネに、もう一度熱を送り込みたくて腰をぐるりと回す。

それだけで、彼女にまだ終わらないことを伝えられただろう。

シルフィーネが絶望を感じたように、泣きそうな顔になっていたけれど、ウォルフにはそれは感情を猛らせるものにしかならなかった。

妻とは、こんなにも夫を狂わせるものなのか。

予想していた以上に、ウォルフはシルフィーネに嵌(はま)っているらしい。

しかし結婚したのだ。

この先三日間は、シルフィーネはウォルフだけのものだ。

他の誰にも、見せるつもりはなかった。

*

シルフィーネが目を覚ました時、部屋の中は明るかった。

ぼんやりとしたまま目をゆっくりと瞬かせてみて、これは燭台の火ではなく、昼間の明かりなのだと気づく。

ではいったい、今はいつなのか。

身体が、四肢が重くて思うように動けず、何があったのか、と思考を巡らす。

「な、にが――」

声を出そうとして、掠(かす)れていることに顔を顰めた。

こほっと空咳をしながら、怠(だる)い手を動かして自分の喉に触れ、一気に状況を思い出す。

「――――!!」

シルフィーネは結婚したのだ。

そして、夫となったウォルフと夜を過ごした。そのすべてをまざまざと思い出し、顔が痛いほど熱くなった。

気怠さも一瞬忘れ上体を起こせば、布団から出てきた自分の身体は裸だ。

灯りの中でも恥ずかしかったが、窓から入る光の中ではさらに羞恥が増す。慌てて布団で隠し、状況を確かめるように部屋を見渡した。

ウォルフの部屋、主寝室で眠っていたようだ。

広い部屋には本当に何もない。夜と違い、暖炉に熾火が燻っていた。そのおかげで裸でいても暖かい。

もう春なのに、と思ったが、クラン・デセベルは平原で、ここは森の中だ。気温が違うのかもしれないと、この暖かさにほっとする。

しかしいつまでもこうして座っているわけにもいかない。

シルフィーネは起き上がろうと、寝台から下りようと動いたが、四肢の痛みもそうだが身体の中の違和感に顔を歪める。

まだ、何か入っているような。

何が、と考えて、昨夜まじまじと見てしまったウォルフの身体を思い出し全身が熱くなる。

「あんな……あんなことが」

何をするのか、何が起こるのか、母から聞いた寝室での心得や淑女の会での赤裸々な教えでわかっているつもりだった。

それは本当に、つもりだったようだ。

母は、夫に従っていれば、すべて受け入れれば大丈夫、と言っていた。

淑女の会では恥じらうような行為が起こるかもしれないが、万事相手が承知だから余程嫌でなければ大丈夫と言っていた。閨のことは人それぞれで、好き嫌いもあるらしい。好みは本当に様々で、どうしても受け入れられない行為もあるが、そんな時は相談に乗る、と貴族のご婦人たちが言ってくれていた。

いや……嫌？　なの、かしら？

シルフィーネは昨夜のことを、ところどころ曖昧になっていたが脳裏に浮かべ、受け入れられなかったかと言われれば、結局のところすべて受け入れてしまっていたのだから、嫌ではなかったのだろうと結論づける。

しかし、恥ずかしくなかったのか、と言われれば別だ。

「あんなに舐めるなんて、聞いていませんわ！」

ここもあそこも、あんなところまで、とシルフィーネは自分の身体を確かめるように撫でた。自分の汗だけでないものでべとべとになった気がしたのに、今はさらりとしている。

そういえば敷布も綺麗で、寝ているのに心地よい。

いったいいつの間に、と考えたが、シルフィーネは自分の意識がどこからはっきりしないのかが曖昧だ。確か、夜が明けた頃にもう無理、と感じたのが最後だったように思う。

それならば今が朝でないことも確実だろう。

疲労困憊（ひろうこんぱい）で夜明けに眠ってしまったのなら、早朝ということはない。初夜の翌朝はゆっくりしてもよいと言われていたとはいえ、すでに昼を回っていたらどうしよう。

シルフィーネは自分の結婚式を放置していることに焦りを感じた。

外は……皆はどうしているのかしら。エルマを呼んで確認しなくては。

そう思って寝台から足を下ろしていると、寝室の扉がノックもなく開いた。

驚いたが、この部屋にそうして入ってくるのは主だけである。

「起きたのか」

「あ……お、おはようございます」

ウォルフだった。

すでに身支度を整え、手に盆を持っているが、昨夜の乱れ具合など一切ない普通の姿だ。

しかしすぐさま脳裏に浮かんだのは、何も身に着けていない逞しい褐色の肌が自分の上を覆う姿で、あれほど他人と密着したのは初めてで知らず頬が染まる。

それでも平静を装って挨拶をしたが、ウォルフは盆を寝台の側の机に置き、シルフィーネの状態を確かめるように手を触れ、全身を眺めた。

「起き上がれるのか?」

「はい。あの、エルマを呼んでいただけます?」

「何故?」

「え……っ」

自分としては普通の願いだったはずだが、聞き返されるとは思わずに目を丸くしてしまった。

「な……何故、とは？　その、用意がありますから……確認することもありますし、ひとりではいろいろと……」

「何かほしい物があるなら俺に言えばいいだろう。お前はもう俺の妻だ」

「それはわかっておりますわ」

「何が必要だ？　ああそうだ、喉が渇いていないか。腹も空いただろう。食事を持って来た」

「あら……」

言われれば、喉の渇きはある。カップに入った水を差し出され、ありがたく受け取って飲み干した。しかし行儀悪くも寝台の上で食べろと言わんばかりに、盆をそのままシルフィーネの上に置くのはどうなのか。しかもその上に乗っていたのは、昨夜の残り物だろうと思える肉の塊だった。

「……あの、これは？」

「猪肉だ。脂が乗って旨いぞ。朝から焼いたんだ」

「え……っ」

改めて見れば、まだ湯気の立つ温かそうな肉だった。

皿の上には本当に脂が落ち、光っている。

「昨夜はかなり体力を使っただろう。回復するには食べなければならない。遠慮はいらないから、食べろ」

すごいごちそうを用意した、と言わんばかりのウォルフの満足そうな顔を、シルフィーネは本気だろうか、と眉を寄せてまじまじと見てしまった。

「……これを、朝から？　私がいただくんですの？」

「他に誰が食べる？　ああ、俺はもう食ってきたから気にするな」

そんなことを気にしているのではない。

シルフィーネは相手と意思疎通が本当に取れていないのでは、と不安が湧き上がった。

もしかして、クランの違いがここにもあるのか、とシルフィーネは気づいて、勧めてくるウォルフに首を振った。このクランで生きていくには受け入れねばならないのかもしれないが、昨日結婚したばかりでこれは無理だ、と判断したのだ。

「いただけませんわ。こんなお肉は……私、今起きたばかりですのに」

「何故食べない？」

「食べないのではなく、食べられませんの」

「何故？」

シルフィーネは頭を抱えたくなった。

少しは頭を使え、と言いたくもなった。それでもクランの領主なら、相手の立場や状況を考えてみてほしいものだ。

シルフィーネも肉を食べないわけではない。昨日の披露宴で振る舞われたクラン・テュールのごちそうも、一口は食べてみたいと思うようないい香りがした。しかし普段食べているのは、どちらかと言うと肉より野菜や穀物が多い。肉も猪より、兎(うさぎ)などの方が食べ慣れている。それも料理人がちゃんと味つけしたものをだ。

まだひとりで立つのも覚束ないほど疲労を感じるこの身体で、いくらクラン・テュールに嫁いだとはいえ朝から塩のみで味つけしただけの豪快な肉の塊を食べろと言われても受けつけられるわけがない。

それくらい、少し考えたらわかるだろうに。

やはりクラン・テュールは、蛮族と、田舎者と呼ばれるような者たちの集まりなんだろうか。

シルフィーネは悲しい気持ちもあったが、強引なウォルフに苛立(いらだ)ちも覚える。

「エルマを呼んでくださる？　食事もですが、とにかく身支度をしなければ……」

「他の者に会わせるわけがないだろう」

「……えっ」

「必要なものは俺に言えばいい。それに服を着る必要もない」

「……えっ」

耳を疑った。

しかし、聞こえた声はちゃんとウォルフのもので、聞き間違いではないことは不機嫌そうな彼の顔が証明している。

「で、ですけど、服を着なければ何も……できませんし、動けませんし……」

「どこへ行くと言うんだ?」

「洗面や手水が……」

この家には、ちゃんと水場が用意されていた。

部屋で風呂に入れないこともないだろう。しかし湯殿まであるのだから、屋敷の端と端でもないかぎり自分の足で動けばいい。

ウォルフはしっかりと顔を顰めた後、盆をシルフィーネの膝から机に戻し、壁にかけてあったマントを手にした。それは薄茶色の毛皮のついた、彼のマントだった。

ウォルフは何も言わず、シルフィーネから布団を剥いでしまうとそれに包み、あっという間に抱き上げる。

「きゃ……っ?!」

「じっとしていろ」

「でも……っ」

抗議は一切受けつけないのか、憮然とした顔のウォルフがそのまま部屋を出た。どうやら水場に連れていってくれるようだ。

ひとりで歩くには心許ないと思っていただけに、連れていってもらえるのはありがたい。

しかしマントに包（くる）まった下は全裸なのだ。しかも一晩中、彼に愛撫され続けて敏感になってしまっている身体だ。

恥ずかしくて、誰にも会いませんように、とマントに赤くなった顔を埋めた。

「…………？」

しかし、なんとも言えない匂いが鼻を突き、顔を顰める。

何かしら、この……いぶされたというか籠ったというか淀（よど）んでいるというか――つまり臭いものは?!

「――臭いですわ?!」

ぷはっと息を吐き出すように、マントから顔を出し綺麗な空気を求めて身じろいだが、そこはウォルフの腕の中だ。逃げる場所などない。

「何を言う。これは領主にしか許されない代々受け継がれてきたマントだぞ」

「なんですって?!　こんな匂いを我慢されているんですの？」

可哀想に、と一瞬憐れんだものの、ウォルフは反対に理解できないように眉根を寄せている。

「このマントを身に着けることは誉れだ。我慢などする必要はない。お前は俺の妻だから、こうしてこのマントに包まれる権利があるんだぞ」

「そんな権利要りませんわ！」

ウォルフの足ではあっという間に水場に着いたようで、その中で湯舟に張られた湯を見てシルフィーネはほっとする。

このままあそこに飛び込みたかった。

ウォルフはゆっくりとシルフィーネを下ろしながら、はっきりと拒絶したシルフィーネを睨む。

ぐっと怯んでしまうほど、金の瞳の意思は強かった。

「このマントを侮辱することは妻でも許さん。これは初代、デナリの森にいた我が一族が、この森の統治者であった白銀の一族と戦い、勝利を収めた証だ」

「証……？」

ウォルフは怒りを見せながら、そのマントの由緒を説明してくれる。

「その戦いは三日三晩続き、双方に多大な爪痕を残した。しかし互いの当主が力を交わらせ、決着がつかぬと判断した時、互いに認め合う絆を結んだ。以来、このデナリの森は我がクラン・テュールと白銀の一族のものとなっている。我々は人間だから外寄りを、彼らはイエルバ山の森の奥を統治している。その時の絆の証として、白銀の一族の許しを得てもらった毛皮で作られたマントだ。これは領主しか身に着けることを許されていない」

「そんなことが……」

シルフィーネは初めて知る他のクランの歴史に耳を傾けながら、大事そうにマントを手にするウォルフを見上げる。

でも臭い。

シルフィーネは大事ならどうしてそんな匂いのまま放置しておくのか、訝しんだ。

そして彼の説明に、ふと気づいた。

「人間だから、とは……では白銀の一族とは、もしや……」

「古の時代から生きる狼たちだ。森を統治するものは白銀の毛並みを誇っている」

「白銀！」

シルフィーネの脳裏に浮かんだのは、いつか絵で見たことのある、恐ろしくも気高い大きな狼の姿だ。描かれていた獣も見事な銀色の毛並みをしていた。

しかし、彼の手にある毛皮は薄茶色だ。

もしかして――

「洗っていないんですの?!」

シルフィーネは、思わずマントから距離を取るように湯舟にどぽん、と浸かって沈んだ。

「……洗う？」

何を言われたのか、首を傾げるウォルフに湯に浸かっているのに寒気がした。

「洗っていないですのね⁈　どうりでそんな色を！　というかそんな色になるまでいったいいつから洗っていないんですの⁈　そんなものに私包まれてしまいましたわ⁉」

思わず手で自分の身体を洗うようにしてしまうのも仕方がないだろう。

しかしそれが気に入らなかったのか、盛大に顔を顰めたウォルフが怒鳴る。

「なんだと⁈　このマントを侮辱する者はいくら妻でも許されないぞ！」

「……っ」

あまり大声で怒鳴られたことのないシルフィーネは、ウォルフの怒声にびくりと震えてしまった。

そのまま顔を半分湯に浸けるほど沈み、視線を合わせないように俯く。

「……っお前の着替えを持ってくる」

ウォルフは少し躊躇うような声で言いながら、マントを持ったまま水場から出て行った。

それにほっとしてシルフィーネはちゃぽん、と頭の上まで湯に潜る。

あんなに怒るなんて……私、そんなにひどいことを、言ったかしら？

大事なマントだということはわかった。

しかし、大事であるならあんな状態にしておく方が間違っている。白銀の一族はその毛並みも美しいのだろう。あんな色にしてしまうなんて、むしろウォルフたちが彼らを侮辱しているようなものだ。

でも、怒っていましたわ……

ぶくぶく、とシルフィーネは息が続かなくなるまで湯の中で目を瞑り、考えた。

もやもやとしたものを抱えながら、それでもいつまでもそうしているわけにはいかない。

シルフィーネはぷはっと湯舟から出て、備えつけてあったタオルで身体を拭き、ウォルフが来ないうちにと洗面や手水を済ませた。

濡れた髪をタオルで包んでいると、見計らったようにウォルフが戻ってくる。

「いつまでもそんなところにいると風邪をひく」

「あ……」

未だ憮然としたままの顔だったが、今度は真っ白なガウンにシルフィーネを包んだ。

シルフィーネのものだった。エルマに出してもらったのかもしれない。

それに包むと、ウォルフはまたシルフィーネを抱き上げて部屋に戻っていく。

「あの、自分で歩けますわ」

「だめだ。体力を消耗するな」

何を言っても、受けつけてもらえそうにはない断固たる声に、シルフィーネは仕方がない、と諦めた。まだ疲労を感じてあまり動きたくないことは確かなのだ。

部屋に戻ると、暖炉の前の敷布に下ろされた。

暖炉は薪を足されたのか、火がまたついている。この前にいれば、すぐに髪も乾くだろう。

そう思っていると、タオルを摑んだウォルフが突然ガシガシとシルフィーネの頭を擦る。

「いたっ！　痛いですわ！　なんですの?!」

「……む、すまん」

悲鳴と抗議の声に、ウォルフはすぐに手を止める。タオルをどけると、くしゃくしゃになった髪がシルフィーネの顔に落ちてきた。

わけがわからず相手を見れば、憮然というより困惑に近いような顔でウォルフが髪を見ていた。そんな顔に目を丸くしていると、大きな手が伸びてきてシルフィーネの顔が見えるように髪を整えていく。そしてどこからか櫛を持ってきて、頭頂部から一気に通そうとした。

「痛い！」

「う……っ」

シルフィーネの声に慌てて手を離すウォルフは、はっきりと戸惑っているようだった。その姿に、シルフィーネも相手が何をしようとしているのかを理解する。

「……乾かしていただけるんですの？　エルマを呼んでくだされぱいいんですのに」

「お前の世話は、俺の仕事だ」

また意味のわからない意地を見せられて、シルフィーネの方が根負けした。

諦めてため息をつき、櫛を取って自分の髪に通す。

「……こうして、下から梳いてくださいませ。私の髪は細くて、もつれやすいんですの。少しずつ、ゆっくりでお願いしますわ」

「……わかった」

神妙な顔をして、真面目に櫛を通すウォルフに、いったいどうしてこんなことを、と思ったものの、したいというのなら文句は言わないことにした。正直なところ、まだ疲れていて反論するのもくたびれるのだ。

シルフィーネが言った通り、下から綺麗に髪を梳いていくウォルフの姿は少し滑稽だが、本人が真剣でどこか楽しそうでもあったので、シルフィーネは呆れながらも息を吐くと、同時にお腹が小さく鳴いた。

「……!!」

くう、と本当に小さなものだったが、薪の燃える音しかしない静かな部屋では相手に届いたに違いない。

恥ずかしくて固まってしまったシルフィーネだったが、それにウォルフははっと思い出したように立ち上がり、机の上にあった盆を手に戻ってきた。

「……食事だ」

「まぁ……」

また肉の塊を、と思ったが、そこに乗っていたのは平皿に野菜と穀物をよく煮込んだスープだった。少しとろみのある白いスープは、エルマ特製のものだ。

「……エルマが？」

「……肉を食べないとわがままを言うから」

わがままになるのだろうか、と思いながらも、憮然とした顔でもシルフィーネのためにスープを持ってきてくれたことが嬉しくてにこりと笑った。

「ありがとうございます」

ウォルフは何故か衝撃を受けたように固まっていた。

最初からエルマを呼んでくれればよかったのに、という言葉は呑み込み、シルフィーネはスプーンを手にして食事を始めた。床で、敷布に座って食べるなんて初めてだったが、お腹が空いていたので気にならない。

一口食べると慣れた味に満足し、シルフィーネはパクパクとスープを口に運んだ。

そのうちに、ウォルフは思い出したようにシルフィーネの髪を梳き始める。

シルフィーネが食べ終わり、髪もほとんど乾いたところで、ウォルフは自分で整えたものに満足して頷いた。そしてまた抱き上げて寝台に戻す。

「まぁ……ありがとうございます。ですけど、もう起きなければ。今はいつですの？　外では皆何をしています？」

結婚したのだから、領主夫人として皆のことを把握し指示しなければ、と考えていると、ウォルフは顔をまた顰めた。

「まだ宴のようなものだ。放置していていい」

「ですけど、私が……」

「お前がすることは何もない。ここで、抱かれることが仕事だ」

「……えっ？」

驚いて目を瞬かせると、すぐ前にウォルフの顔があった。

近い、と思った瞬間に口づけされていた。

それは、最初のように激しい、呼吸さえ奪うようなものではなく、触れるだけのような、柔らかいものだ。それからウォルフの唇が開き、小さなシルフィーネの唇を食べるように啄む。

「ん……」

その優しさに、肩に触れる温もりに、シルフィーネはそのまま寝台に押し倒されながらつい受け入れるように自ら口を開いた。

開いた隙間から、ウォルフの舌が潜り込む。

熱い舌がゆっくりと、蹂躙（じゅうりん）するのではなくシルフィーネの舌を誘うように動くものだから、恐る恐るシルフィーネも舌を伸ばした。

「ん……っふ」

口を開いたまま、舌を絡めるという行為が、恥ずかしいと気づいたのはどちらのものなのか濡れた音が耳に届いてからだ。

肩を竦めると、それを宥めるように大きな手が撫でていく。

肩を、腕を、首筋から頬を包んで、シルフィーネに甘い口づけを覚えさせる。ちゅっと音を立てて唇が離れると、閉じていた目を躊躇いがちに開いた。そこで待っていたのは、強い金の瞳だ。

そこにあった強い欲望にしっかりとシルフィーネは気づいて、受け入れようとしていた。口づけのみで、身体はまた蕩けたようになり、ウォルフの身体が圧しかかるのを待っている。

こんな口づけを、最初から受けていたら、どうなっていたのか。

シルフィーネは知らずとろりとした目になっていたが、ウォルフの唇での愛撫がまた肌に落ちて、着ていたガウンを脱がされ始めてはっと気づいた。

「——あの!」

「——ん?」

すでにウォルフの顔は鎖骨から下、胸の膨らみを捕らえようとしている。両手が、左右から包み込むようにシルフィーネの胸を包んだ。手には足らないはずなのに、丸い形を確かめるように撫で、揉み、その先を口に含む。

「あ……っん!」

シルフィーネの制止などまったく意に介さず、行為を続けるウォルフに、急に理性を思い出したシルフィーネは必死に言葉を探す。

「あ、あの、ま……ってくださいませ！　そんな、昨日した、ばかりですのに！」

「昨日は昨日、今日は今日だ。まったく足りない。この柔らかさを一度覚えてしまえば……病みつきになるのも無理はないな。女とは、こんなにも気持ちいいものなのか」

「え？　何をおっしゃっているんです？　どういう……ん！　もう、食べないでくださいませ！」

「嫌だ。甘い。俺はこの実が気に入った。俺のものだ。誰にもやらん」

「私の胸ですわ?!」

子供のわがままのようでいて、主張している内容は子供とはほど遠い。

自分の胸を取り返そうと、慌てて手で隠そうとしても力でかなうはずがない。

「もしや、お前はこの気持ちよさを知らないのか？　一緒に揉んでみるか？」

「な――？」

ウォルフは何を思ったのか、止めようとしたシルフィーネの手を取り、自分の手に包むようにして、シルフィーネの胸を一緒に揉み始めた。

「や……！」

自分の胸を、強制的に揉まされている。

こんなはしたないことがあるだろうか。淑女の会でだって聞いたことがない。

羞恥に頬が染まるどころか、泣いてしまいそうだった。

「柔らかいだろう。それに吸いつくような肌だ……いったいどうやったらこんな肌になるんだ？　俺の手を離さん。もしや本当に妖精か……？」

「ん、んっもう……っ！」

シルフィーネは恥ずかしくてどうにかなりそうなのに、ウォルフの声は真剣で、それが却ってばかみたいに聞こえる。

頭が悪いのでは？　やはり蛮族ね！

シルフィーネがそう罵ってやろうと口を開こうとした時、ウォルフはふと手を止めた。

「そうか、自分の柔らかさくらい知っているか……悪かったな」

「な……っや、柔らかくなんて、普通ですわ！　私は普通の人間ですもの！　貴方が硬いんです、硬すぎですわ！」

止められて、正直に謝られるとそれはそれで恥ずかしい。シルフィーネは真っ赤な顔で解放された手で褐色の肌を叩いた。

ぺち、と音がしたが、本当に硬い。いったい何でできているのか。頑丈すぎるにもほどがある。

ウォルフも納得したように頷いた。

「まぁ、確かに頑丈だが……そんなに硬いか？　動きは悪くないはずだが」

自分の瞬発力を試すように腕をぶん、と振っている姿は、確かに硬いだけではない。

シルフィーネも顔を顰めて、何が入っているのだろう、と人差し指だけでウォルフの身体を突いた。ウォルフは何を思ったのか、突然自分の服をがばりと脱いだ。

「……っえ?!」

「触りたいなら触るといい。俺ばかりでは、不公平だろう」

「さ……」

触りたいわけではなかったのだけど。

そう思ったものの、褐色の、綺麗な肌を差し出されて興味が出ないわけではない。

昨日も思ったものの、どこもかしこも色づいていて、不思議だった。肩は盛り上がり、腕の筋肉はシルフィーネの何倍になるのだろう。腹部がいくつもに割れていて、痛くないのだろうかと思った。胸も筋肉なのか、指先に触れるとやはり硬い。ただ、温かかった。

その温もりを確かめるように、シルフィーネは掌（てのひら）でそこを撫でた。夢中になって、両手を伸ばしていた。

「……っく」

苦しそうな声に、ウォルフが顔を顰めているのに気づいて慌てて手を離す。

「痛かったのですか？　ごめんなさい爪が……？」

「我慢できなくなっただけだ」

「え……っ」

ウォルフの声に驚いていると、次の瞬間にはその腕に包まれていた。

寝台の上で、ぎゅうぎゅうに抱きしめられる。苦しさもあったけれど、大きな胸に包まれて、その温もりにぼうっとなってしまったのも確かだ。

「ウォ、ウォルフ様……っ」

「シルフィーネ……っ」

腕の中で、それでも自分も、と手をその肌にぴたりとつけると、ウォルフの胸とシルフィーネの胸が重なった。そのまま、ウォルフが身体を揺さぶる。

まだ下肢の、ズボンの中にあるはずのものが主張しているのがシルフィーネには感じ取れた。そして昨夜、一度ならずも受け入れた自分の身体もそれに反応していることに気づく。

「……っくそ、イきそうだ!」

「……えっ?」

シルフィーネを抱きしめたまま、ウォルフの動きが強さを増す。腰がシルフィーネの足に押しつけられ、卑猥（ひわい）に動いて、ぶるりと震えた。

「——っああ、なんてことだ……!」

「……えっ、あの、どう、あの……?」

息を荒らげたウォルフが、がばりと身体を起こしてシルフィーネから離れる。

状況がわからないシルフィーネを置いておいて、ウォルフは一度寝台から下りてズボンを脱ぎ捨てる。そして全裸になった姿をシルフィーネはしっかりと見て、彼がどうなったのかを理解した。

「………‼」

慌てて両手で顔を隠しても脳裏にしっかりと焼きついてしまった。

ウォルフの主張する性器はすっかり上を向き、猛々しい気配を漂わせている。

「なんてものを見せるんですの！　いやらしい！」

「いやらしいものなどない。むしろお前の身体が俺をこうするんだ」

「人のせいにしないでくださいませ！」

寝台の上で背を向けていると、戻ってきたウォルフにひっくり返された。

そして脚の間へ、秘所へと躊躇わず手を伸ばされる。

「……っんん！」

「ああ……濡れているな。昨日の名残(なごり)か」

慣れたようにシルフィーネの中に指が入り、あまりの早さにシルフィーネは息を呑んだ。

「このまま挿りそうだな」

「……っ」

そんなはずは、と首を左右に振るが、身体の方が裏切っている。

シルフィーネの身体は、すっかりウォルフを受け入れる準備ができていた。

一晩で作り変えられてしまったのかと思うと、自分の身体であるのに憎たらしい。そして気持ちの上でも、本当に嫌だと思っていないのをどこかで気づいていて、自分で自分がわからなくなる。

本当に嫌なら、受け入れられない……

そう教わった。

シルフィーネは、本当に嫌なのだろうか、と自分の秘所に彼が性器をあてがうのを感じて動揺した。

「ま——待ってくださいませ！　だ、だって、昨日、その、あんなに」

「昨日は昨日と言っただろう。あれだけで足りるはずがない。一生貪欲になりそうだ。お前の身体は恐ろしい」

「人を化け物のように言わないでくださいませ！」

「化け物なものか。お前ほど美しいものを俺は知らない」

「————っ」

彼はなんと言ったのか。

今、耳に届いた言葉は、どういう意味なのか。

シルフィーネは一瞬抵抗も躊躇もなくし、呆然とした。だがその緩みに、ウォルフは身体を進めてくる。

「あ、あ、あっ」

ゆるゆると、小さく抜き差しを繰り返しながらウォルフの熱い塊が挿ってきている。

「あの、あっ、あの、私……っ私、外に、皆に、だって……仕事、をっ」

躊躇いながらも、受け入れてしまっている身体に動揺して、それでもウォルフに手を伸ばし、意味のない抵抗を見せるが、逆にその手を取られ、指を絡めて寝台に押しつけられた。

「お前の仕事は、俺を受け入れることだ」

「――――っあああ！」

寝台に縫い留められたまま、ウォルフに最奥を突かれた。

最初の痛みを思えば、なんと簡単に挿ってしまったのだろう。

そういえば、一晩で何度これを受け入れたのか。抜かれても挿っているような感覚が抜けず、いつまでも異物感が残った。

今、もう一度埋められると、自分のすべてが満たされたようで身体が歓喜しているのに気づかないわけにはいかない。

こんな……こんな悦(よろこ)びなんて。

はしたない、と思っても、思考が身体に引きずられる。

「あっあっあっ」

腰を強引に押し進めるウォルフに、シルフィーネの腰も浮いてしまう。そのまま彼の動きやすいように調整されてしまい、シルフィーネは自由になる足をウォルフの腰に摺り寄せていた。

逃げられないのなら、しがみついているしかない。

「うぉ、うぉる、ふ、さま、あっ」

「……っく、お前は、どこまで俺を狂わせる……！」

忌々しい、と吐き捨てられているようで、シルフィーネはウォルフをおかしくさせているのが自分だということにどこかで喜んでいることを知った。

おかしくなっているのは自分だけではない。ひとりだけではない。

握られた手を、大きな手を、シルフィーネはぎゅうっと握り返した。

ウォルフに窺うように覗き込まれて、シルフィーネは知らず潤んだ目で睨みつけた。

「あ……っも、もっと、おかしく、なればいいんですわ……！」

その言葉は、どう受け止められたのか。

「あ、あああっ」

激しさを増したウォルフに、煽ってやったと満足したものの、それがすべて自分に返ってくることまでは考えていなかった。

結局、シルフィーネはウォルフの気が済むまで、もう一度寝台に縫い留められることになった。


シルフィーネが気づいたのは、暗い部屋の中だった。

真っ暗なことに、目を開けてびくりと身体を揺らしたが、すぐに何かにぶつかりまた驚いた。

温かく、硬い何かに包まれている。

暗闇が好きではないシルフィーネは、眠る時は小さな燭台に火を灯す。ひとつだけを、一晩中灯らせるのは大変なことだが、それでも真っ暗な中にはいたくなかった。

今はとても暗い。

深夜なのかもしれない。なんの音もしなかった。

いや、微かな寝息が聞こえる。

シルフィーネを包む、大きな身体の持ち主のものだ。

ウォルフ。

自分の夫が、隣にいる。大きな寝台は、ふたりが並んでも余りあるのに、何故か小さなシルフィーネを抱きしめて眠っているようだ。

その温もりに包まれ、シルフィーネは硬い胸元に顔を摺り寄せた。

疲れていた身体に鈍った思考では、上手く考えられなかったが、ここが落ち着くことを知っていて、安全だと思うとまた睡魔が訪れた。

人の温もりに、こんなにも心地よく安心した気持ちになるなんて、子供の頃母に抱かれて以来だ。

それが、母とは似ても似つかないこんなに硬くて大きな男の人でなんて、不思議で仕方なかった。

目を閉じたシルフィーネの口元は、知らないうちに笑みを浮かべていた。

四章　夫婦の意地と寛容

次にシルフィーネが目を覚ましたのは、朝のようだった。

窓からはしっかりと明かりが入り、部屋を照らしている。

またひとりの部屋は静かで、耳を澄ませても同じ家の中に誰かがいるようにも思えない。

不思議に思ってシルフィーネは身体を起こすと、裸のままだった。しかし清潔だ。

もしかして、ウォルフが整えてくれたのだろうかと思うと、恥ずかしさに頬が熱くなる。

あまり考えたくないと思考を放棄し、違うことに意識を向ける。

寝台の側にシルフィーネのガウンが置いてあった。

まだ身体は軋むようだったけれど、動けないほどでもない。ゆっくりと身体を動かし、ガウンを着込んで立ち上がる。

「…………」

お腹の中が、口には出せない場所が、まだ熱を持っているようにも感じる。

しかしその違和感からも目を背け、シルフィーネは足を踏み出した。

時間はかかってもひとりで歩き、水場まで行って用を済ませると、空腹を思い出す。

エルマはどこにいるのかしら。

シルフィーネは侍女の彼女には、すぐ近くの小屋を与えられていると聞いていて、しかしそれがどこなのかは知らないままだった。

結婚式は、三日間続くのが慣例だ。

婚礼の儀式を済ませ、結婚披露宴を催した後も、三日間皆が祭りのように騒ぎ祝う。結婚すれば、式を指揮するのは妻となった者の役目だ。しかしおそらく、もう二日ほどシルフィーネはそれを放置している。

ウォルフのせいではあるが、クラン・テュールに嫁いだ以上、領主夫人となった以上、自分の務めを果たさなければシルフィーネが、ひいてはクラン・デセベルが侮られるのでは、と焦りを感じた。

今はいつで、皆何をしているのか。

まったくわからないシルフィーネは、水場からそっと外に出てみることにした。

服も着替えていないままだが、エルマを見つけたいと必死だったこともある。

水場から裏口に出ると、井戸が側にあった。なるほど、ここから水を汲めばいいのだとひとつ理解してほっとすると、人の気配を感じて驚いて振り返る。

「――」

そこにいたのは、大きな身体の男だった。

どこかで見た、と記憶を探って出てきたのは、クラン・テュールの幹部に属する誰かだったということくらいだ。

はっきりと名乗って挨拶したわけではないのだ。そもそも、嫁いできた状況からして、相手の名前を聞いて確かめるようなものではなかった。

険しい顔が、シルフィーネを睨んでいる。

大きな身体と、ウォルフほどではないが濃い肌をした男は、その表情にはっきりと憎しみを滲ませていた。

「……これだからクラン・デセベルの女は、ふしだらな！」

「……えっ」

罵られた言葉に驚いたが、相手はもっと侮蔑した。

「兄上に嫁いだばかりだというのに、もう他の男を咥え込もうとしているのか？　浅ましいにもほどがある。お前のような女、俺は認めないからな！　お前は兄上に相応しくない！　兄上の立場を汚したくなければ、すぐに家に戻れ！」

「……えっ」

シルフィーネはもう一度、驚いた声を上げた。

相手は言うだけ言って、背を向けてしまった。

びっくりしたものの、彼の言葉の意味を考えて、シルフィーネは外に出るべきではないとすぐに家に入った。

確かに、人前に出ていい姿ではない。

けれども、あれほど侮辱されなければならないほど、シルフィーネがいったい何をしたというのか。

しかしひとつわかったのは、彼が「兄上」と言ったことだ。

つまり彼は、ウォルフの弟であるハバリ・ガーナ・テュールなのだろう。サラディンから、ウォルフの身内や側近の名前は一通り聞いていたが、誰が誰なのかはまだ知らないままだった。

ウォルフの兄弟は弟ひとりだけだ。その他に、親族衆と呼ばれる者たちが側近として側にいて、その下に部下がいるという形だ。

クラン・テュールは領主であるウォルフに従うが、何かあればその親族衆と相談することになると聞いていた。ならば、シルフィーネも彼らと仲よくならなければならないだろう。

しかしあの様子だと幸先は悪く、道は長いとため息をついた。

ハバリの様子を見ると、勝手に出歩くことは難しいようだ。

それならどうするか、とシルフィーネは一度部屋に戻り、エルマを呼ぶ方法を考えたものの、部屋にかかったままのウォルフのマントを目にした。

白銀の一族という狼の毛皮をあしらった、マントだ。

どう見たってその辺の、よく言って狐(きつね)の毛皮にしか見えない。

近づくと、やはり異臭がする。

シルフィーネは顔を顰めながらも、ひとつ息を吐いてそれを手に取った。大柄なウォルフを覆うものだからか、シルフィーネには少し重いマントだった。それをたたんで手に持って、もう一度水場に戻る。

何故か今日も、ちゃんと湯舟に湯が入っていた。シルフィーネは盥(たらい)に湯を汲み、その中にマントをゆっくりと沈めて一度自分の部屋に戻る。

荷箱を開けて必要なものを取り出し、もう一度水場に戻った。

少し浸けておいただけで、盥の水の色は汚れていた。顔を顰めながらそれを捨て、もう一度湯に浸ける。よく揉み込んで、部屋から持ってきた石鹸(せっけん)を擦りつけた。

マントの生地の部分はいい。しかし毛皮の部分は、ゆっくりと、細かく、繊細な手つきで洗った。長年の汚れなのだろう。一見ただの薄茶色の毛皮だが、よく見れば毛が固まってしまっているところもある。

大事なものを、こんなふうに扱うなんて。

シルフィーネはこのクランの常識がわからない、と憤りも感じながら、汗をかき丁寧に洗い続けた。

何度湯を替えたのか、ようやく茶色いものがなくなり、ウォルフの言う通りなら、確かに白銀の毛並みだったものが戻ってきた。

よかった、と安堵しながら今度はマントを絞る。

正直なところ、すでにあまり力が入らない。

洗濯で疲れたのではなく、昨晩苛まれた情事に体力を使い果たしているのだ。

それにお腹が空いた、と考えていると、突然の怒鳴り声に身を竦ませた。

「――何をしている?!」

びくり、と震え、顔が青ざめる。

はっきりと怯えるほどの怒声だったのだ。恐る恐る振り返ると、そこには怒気を隠しもしないウォルフが仁王立ちになっていた。

「何を……何をしている!!」

シルフィーネに確かめようとして、その手にあるものが何か理解したのだろう。慌てるというより勢いに任せてシルフィーネからマントを奪った。

「これはお前が勝手に扱っていいものではない！　大事なものだと俺は教えたはずだが、お前の小さな頭では理解できなかったのか?!　それともクラン・デセベルの者はそんなこともわからない大馬鹿者の集まりか！」

「――――」

怒鳴られて、驚き震えたものの、シルフィーネはウォルフの言葉を理解すると、ふつふつと怒りが込み上げてきた。

どうして、そんなことを言われなければならないの？

大事なクランを侮辱された上に、シルフィーネ自身もばかにされた。

そもそも、ここでこんなことをしたいと望んだのはシルフィーネではない。

好きで憎み合うクランに嫁いだわけではない。王命なのだ。誰が逆らえるだろう。そしてどうにか馴染もうと考えているところに、すべてを拒絶する言葉をぶつけられたのだ。そして
弟と、それに兄からも。

片方は自分の夫でもある。

そんなことまでされて、自分が大人しく受け入れて罵られるままになっているなんて、あり得ない。

シルフィーネは怒りで紅潮した頬のまま、上から怒鳴るウォルフを睨んだ。

「ばかなのは貴方の方ではなくて?! 私をここに閉じ込めてなんのつもりですの！ 初対面の相手に娼婦のように罵られたり馬鹿にされたり！ いい加減人の気持ちを考えるくらいしたらどうなんですの！ その大きな頭にはそれくらいの思考能力もないんですの?!」

「な……」

怒鳴り返されるとは思っていなかったのか、シルフィーネの剣幕に驚き、狼狽えたウォルフにシルフィーネは勢いづく。

こんなに侮辱されたままでいては、クラン・デセベルの名が廃る。

「それにそのマントが大事だというのならせめてそれなりの扱いをなさってはどう?! 汚れるままに放置しておいてそれでも大事なものだなんて聞いて呆れますわ! 野蛮な一族にはものを大切にする努力も知識もないのかしら! 毛皮の保管は普通の布よりも大変ですのに、長年汚れるに任せるなんてクランの名が泣いていますわ! いったいいつから放置しているのか存じませんけれど、もうすでに毛並みはボロボロで元に戻すには専門職の手に渡さなければなりませんわ。私ができるのはせいぜい汚れを落とすくらい。それすらしてこなかった方にばかにされるいわれはございません!」

「う……な、あ」

どうやら、シルフィーネの心には思ったよりもうっ憤が溜まっていたようだ。

いっそのこと、結婚披露宴の場で他の者たちと一緒に罵り合っていた方がすっきりしていたかもしれない。

そもそも、この結婚が決まってから、王命だと受け入れたけれど、喜んだことは一度もない。

大変な人生になるだろう、と感じて、それでもやっていかなければならないと決意したくらいだ。ただ、決意したものの、心が落ち着いていたわけではなかったのだ。

黙って言われるまま嫁いだものの、どうして私がこんなことを、と考えると怒りがまったく治まらない。

「いいですか！　それ、私の力ではそれ以上絞れませんから、貴方が絞ってくださいませ！　それから風通しのよい場所に陰干ししておくこと！　乾くまで触れてはいけませんわ！　でないと大事なマントは二度と使えなくなりますからね！」

黙ったまま、驚いた顔でシルフィーネを見ているウォルフに指を突きつけて、シルフィーネはそのまま背を向けて水場を出て行った。

戻った先は、寝室だ。

当然のようにウォルフの部屋の方に戻ってしまい、寝台に座り込んでからしまった、と気づく。

与えられている私室に戻ればよかった。それならひとりになれたのに、と俯いた。

しかしもう動く体力はない。

動けないし、涙を堪える力もないようだ。

敷布に、ぽたりと滴が落ちた。

泣きたくない、と指先で拭う。しかし涙がぽたぽたと零れ落ちて、シルフィーネの気持ちを暗くする。

どうして、こんなことに。

シルフィーネは何も考えたくなかった。

自分がどうすればいいのか、何をしなければならないのか。クランのために、何をするべきなのか。

考えても、今は自分の悲しみに包まれてしまっていた。

猛烈な怒りがシルフィーネを襲ったが、それを相手にぶつけてしまうと、残ったのは何故か悲しみだけだった。

泣きたくない、と思っても、悲しみはシルフィーネを放っておかない。

誰のために、あんなことを。

怒られるのなら、この寝台の上から動くべきではなかった。

好意をまるきり否定された。

こんなところ、もう嫌。帰ってしまいたい。クラン同士が争ったって、好きにすればいい。

そう考えたところで、ぎしりと寝台が沈んだ音が聞こえた。

いつの間にか、背後に気配がする。大きいくせに、ここまで近づくまでまったくわからなかった。泣いていたせいかもしれない。だからなおのこと、振り返りたくない。

「……シルフィーネ」

「……、……っ」

泣いているのを見せたくないのに、声を殺してもすすり上げた肩が揺れる。そこに大きな手が触れた、と思うと、次の瞬間には温かいものに包まれていた。

「……は、放してください、ませっ」

「嫌だ」

「嫌だではないですわ！　もう、貴方なんて、貴方なんて……っ」

「お前は俺の妻だ。俺から離れることは許さない」

「横暴ですわ！　野蛮なクラン・テュールの、野蛮な……」

「悪かった」

「…………」

その腕の中に抱きしめられて、身動きできないよう、膝の上に抱えられた。

温かい中で、耳に唇が触れるほどの距離で、声が聞こえる。

横柄な、自信に溢れるような声の中で聞こえた謝罪に、ひくり、とシルフィーネの涙が止まる。

「それから、ありがとう。大事なマントを、洗ってもらった。……洗うということを、誰も考えて、いなかったんだ」

それは拗ねたような、小さな子供が言い訳をするような声に似ていた。シルフィーネはむう、と口を尖らせたままそれを聞いて、自分の中に渦巻く気持ちが複雑なものになっていくのを感じた。

「……身の回りのものは、清潔にしなさいと、お母様に教わらなかったんですの。やっぱり田舎者ですのねって言われてもおかしくないんですのよ」

「……男はそういうことをするべきではない。男の身の回りを整えるのは、女の仕事だ」

「それ、私にしろと命令しているんですの？」

「それが仕事だ。妻の面倒を見るのは夫の役目であるように、妻の仕事もある」

「私がしなければ……貴方は汚れたままでいるということ？」

「妻が仕事を果たしていない、ということにはなるな」

「まぁ、なんてひどい！　私は領主夫人となったのではなくて？　私の仕事は……」

「俺の妻でいることだ」

きっぱりとした声は、反論を受けつけないものだった。

そんなふうに言われて大人しくしているなどあり得ないのに、シルフィーネは何故かその言葉に心が浮き立った。

ウォルフの妻でいること。

この温かな腕の中にいると、それがとても心地よいことに感じる。

シルフィーネが知らず胸をどきどきさせていると、ウォルフが続けた。

「もちろん、領主夫人という仕事もある。クランの女たちをまとめるのも必要だ。今度代表の女に引き合わせよう。女を動かして、男を支えるのが仕事だ」

「……それは、理解できますわ」

「俺の妻であることは、理解したのか？」

小さな頭、と言われた頭を大きな手が包む。

シルフィーネは、その手に撫でられることがとても気持ちよかった。

そして自分のお腹を押さえると、小さな声が上がった。

「…………」

ウォルフにも聞こえただろう。

シルフィーネは頬を染めながら、唇を尖らせて後ろを振り返る。

「……貴方、妻の面倒を見る役目があるとおっしゃいましたわ」

「……言ったな」

「お腹が空いてますわ。貴方の妻は」

「よし、食事を持ってきてやる」

ウォルフは楽しそうに、笑って答えた。

シルフィーネは、初めてウォルフの笑顔を見た気がした。

子供のように、嬉しそうに笑う顔。ずっと顰め面で、憮然としたままだったのに、笑うとそんなふうになるなんて、シルフィーネは想像もしていなかった。

思わずぼんやりと、その笑みに見入っていた。

「好みがわからないから、何種類か肉を用意している」

「——肉の塊なんて食べられませんわ！」

しかしウォルフの言葉に、ぼうっとしたままではいられないとはっきり理解した。

どうも、男女の違いなのかクランの違いなのか、正さなければならない常識があるようだ。

先は長い、とシルフィーネはため息を吐きたくなった。

＊

よく寝ているシルフィーネを置いて、ウォルフは外へ出た。

まだクラン・デセベルの者たちがいるし、何かが起こった時、判断するのはウォルフだからだ。

クランを継いだのは、自分に充分力があると自信があったからだが、妻のことになると判断が鈍くなる。

あまりに可愛すぎる。

彼女は同じ人間とは思えないほど美しく、あっけないほど簡単にウォルフを惑わせるのだ。

本当に妖精だと言われた方が、納得してすっきりするだろう。

壊してしまいそうだと思った細い身体も、今はこちらの方が壊されそうな気がする。シルフィーネのことだけを考えて煽られて、おかしくなってしまいそうなのだ。

領主である以上、クランのことを考えなければならない。なのにシルフィーネのことを考えると、苦しいが胸が熱くなる。こんな気持ちは初めてだった。

大事なものを、ウォルフ以上に大事にしてくれる。よくものを知っているし、男にただ従うだけでなく臆することなく意見を言う。その姿が珍しかったが、面白くもあった。

面白いだけではなく、認めるべきところがあると、反省させられたのだ。

もし、シルフィーネのような者がクラン・デセベルの普通であるのなら、クラン・テュールは考え直さなければならないところが多々あるのかもしれない。もちろんすべてに従うわけではないが、彼女の言葉には、改めて気づかされることが多い。

とりあえず、妻は肉をあまり好まない、ということは理解した。旨いし体力がつくのに。

もう少し体力をつけてもらわなければ、ウォルフのうっ憤が溜まりそうだ。

もっと時間をかけて、もっと喘がせて、自分の下で淫らに踊らせたい。その欲望を満足させるにはシルフィーネは体力がなさすぎるし、三日間の蜜月では足りない。

「ウォルフ様」

外に出ると、待ち構えていたようにエルマに捕まった。

エルマはシルフィーネの侍女であり、クラン・デセベルの者たちが帰ってもこのままここに残るらしい。予定通り、一番近い小屋を彼女の家にした。シルフィーネのために必要なら、それくらいはするべきだからだ。

そしてエルマはシルフィーネに忠実らしく、彼女をずっと家から出さないウォルフを恨んでいるようだ。

じとり、とした視線には顔を顰めてしまう。

「シルフィーネ様は、お食事をなさいましたか？　ちゃんとお着替えは」

「ちゃんと食わせた。俺が気をつけている」

「それならいいのですけど……」

本当に？　という声が聞こえてきそうな視線でねめつけられる。

まるでウォルフがシルフィーネを監禁しているように責められることには辟易する。

「シルフィーネ様は、私の作ったスープを全部召し上がりました？」

「………食べた」

これは、まだ納得できないが、頷くしかない。

婚礼中の三日間、妻の面倒を見るのは夫の役目。食事だってちゃんと用意する。

捕ってきた猪肉のいいところを用意したのに、シルフィーネが食べたのはエルマの作ったスープだ。こんなもの、腹の足しにもならない、と言ったのだが、シルフィーネが喜ぶものだから、しぶしぶ出した。

夫の作ったものより、侍女のものがいいなんて、おかしいのではないか？

そう思ったが、確かにシルフィーネは小さく細い。

食べるものがウォルフとまったく同じにはならないだろう。

「明日には、ちゃんと外に出してくださいませ」

エルマに念を押されて頷いたものの、明日で蜜月は終わりかと思うと物足りない。

どうにかもっと長くできないものか、と考えていると、後ろから声をかけられた。

「兄上」

弟のハバリだ。親族衆の、力ある若者のひとりでもある。

ハバリはウォルフを慕ってくれている。領主一族であるのだから、領主になる資格は持っているのだが、少し頭が硬すぎる。単純と言えばそれまでであるが、一度信じた物事をなかなか改めようとしないのだ。固い信念を持つのはいいことだが、柔軟な思考が親族衆には必要だ。

「あの女はどうしてる？　また兄上を困らせてるんじゃないか？」

「ハバリ、あの女とは俺の妻のことか？」

ハバリは父から、クラン・デセベルの悪いところを聞かされ、それを信じ込んでしまっているだけに、シルフィーネとの婚姻を未だに受け入れない。

弟がこんなことでは、クラン・テュールの度量が小さいと侮られることになるのに、それも理解しない。

だが、ウォルフを慕っているからこその行動だと思うと、可愛く思えないわけでもないのだ。

まったく、と呆れながらもじろりと睨むと、ハバリは子供のように拗ねた顔で俯いた。

「俺の妻を侮辱する者は、誰であっても許さん」

「でも、兄上……」

「いい言葉だ」

ぱちぱちと、軽い拍手と一緒に声が割り込んできた。

そちらに向くと、クラン・デセベルの領主であるサラディンがにこやかに立っていた。

笑っているようだが、目は真剣だ。

サラディンは、確かにシルフィーネの兄なんだろう。シルフィーネほど人間離れをしているわけではないが、柔らかな金の髪をひとつにまとめ、造形の整った顔は涼しげで、貴族の令息といっても通るだろう。

これでクランの領主だというのだから、大丈夫だろうかと思うほどの優男に見えるが、強い視線がそれを裏切っている。むしろ、この一見穏やかに見える笑みに騙(だま)される者が多いのかもしれない。

「その調子で、私の妹を大事にしてくれ」

「わかっている」

もう、彼の妹ではなく、ウォルフの妻だ。

そう言いたかったが、いくらなんでも子供じみている、と耐えた。

サラディンはそんな胸中もわかっているのかもしれない。面白そうに笑った。

「しかし、クランの違いはすごいな。本当に三日間、姿も見えないとは恐れ入った」

「これがクラン・テュールの慣習だ」

サラディンが言ったのは、クラン・テュールの蜜月のことだ。

クラン・テュールでは、婚礼期間中の三日間、外では宴などが催されているが、夫婦はずっとふたりきりでいるのが慣習だった。

特に、妻は一歩も外には出ない。

その間、妻の面倒を見るのはすべて夫の役目なのだ。むしろ妻の姿を見せてしまうと、夫が務めを果たしていないと見なされる。

独り占めできるのが三日間とは、ウォルフには短いが、サラディンには違うのだろう。

「シルフィーネがそれを理解していればいいが……うちの妹は頭がいいが、感情も豊かでね。抑えつけられることには慣れていないからな」

「その妻の面倒を見るのが、俺の役目だ」

確かに、シルフィーネは蜜月のことを理解していなかったのかもしれない。

当然のようにウォルフよりも侍女を求めたり、自分で動いたりしている。しかしこれから教えていけばいいのだ。結婚し、夫婦となったのだから。

「でもあの女は」

サラディンとの会話に、いきり立ったハバリが声を挟んでくる。が、すべてを言わせないうちに頭を叩いた。

「ハバリ、誰の女について言っているんだ？」

「う……っ」

睨むと、怯えたように口を噤む。

単純で扱いやすいが、サラディンを前にして言っていいことではない。彼が妹を大事にしているのは、ウォルフも充分知っている。

サラディンはハバリの失言に怒ったふうもなく、また笑っていた。

「ウォルフ、君の弟は、素直だな。よく言えば」

「……そうだろう」

よく言えば、の裏に、もう一方の言葉があるのはわかっている。それでも、ウォルフには頷く以外なんとも言えなかった。

ハバリだけが、褒められたと思ったのか嬉しそうに笑っている。

本当に、鍛えなければならないかもしれない、とウォルフが顔を顰めると、サラディンが話を変える。

「明日辺りから、祝いの品も使者も訪れるだろう。我々は引き上げるが……」

「なんだ？」

珍しく、少し言葉を濁したサラディンが気になった。

サラディンは少し考える様子を見せたものの、ため息でそれを霧散させる。

「まぁ、大丈夫だろう。どうやら君は私の妹に夢中なようだからな。充分護れるだろう」

「どういう意味だ？」

「妹は幸せになるかもしれない、と思ったんだ」

「それは、クラン・テュールの名に懸けて誓おう」

「任せた」

明日は最後に妹と会わせてくれよ、と言いながらサラディンは去った。

何か気になるサラディンの言葉だったが、シルフィーネを幸せにするのは夫であるウォルフの務めである。

念を押されなくても決まっていることなのだ。

それにこれからは、クラン・デセベルとはつき合いを変えていくのだ。明日姿が見えなくても、この先何度も会うことはできるだろうとウォルフはすでに家の中で眠っているはずの妻に想いを馳せた。

もう一度、あの身体を堪能すれば、明日の朝は起きられないかもしれないな、と思いながら。

＊

婚礼期間が終わり、シルフィーネの新しい日常が始まった。

兄たちクラン・デセベルの者が帰るからと、気怠い身体を引きずって外に出てみて、シルフィーネは常識の違いをまざまざと教えられた。

三日ぶりに、身支度を整えて外に出てみると、最初に飛び込んできたのは心配そうなエルマだ。いったい何事か、と思ったが、そこで初めてシルフィーネはクラン・テュールの慣習を知った。

まさか、婚礼中は花嫁を外に出さないのが通例だなんて、誰も教えてくれなかった。

しかも妻のことはすべて夫の役目とあり、それでは勝手に動いたシルフィーネが怒られても仕方がない。一度顔を合わせてしまったハバリに怒られてもシルフィーネが悪かったのだ。

しかし、誰も教えてくれなかったのも悪い。

特に夫であるウォルフは何も言わず、食べること、寝ること以外では寝台で絡み合うことだけに夢中になっていた。妻の面倒を見るのなら、説明するのも彼の役目だろう。後で怒らなければ、と記憶にとどめた。

そして少し寂しさを感じながらも兄たちを見送り、シルフィーネは新しい生活に入った。

まずするのは、自分の身の回りのことを自分でできるようになることだ。

侍女のエルマがいるものの、クラン・デセベルの屋敷では侍女が両手の数ほどいたため、シルフィーネは一通りのことを教わってはいたが、あまり自分ですることはなかった。

そもそも、父がシルフィーネを嫁がせたかったのは王族であり、そう習慣づけようとしていたのだから仕方がない。

だが洗濯も料理も掃除も、家のことはできないわけではないのだ。ただ、生家とものの配置やそのもの自体が違うから、まずそれを覚えた。

湯殿に石鹸は用意されていたものの、シルフィーネの好きなのは香油の入ったいい匂いのする石鹸だ。それが高価なものだと知ってはいたけれど、この石鹸などの消耗品だってどこから持ってくるのかを知らなければならない。

台所のかまどはシルフィーネには大きかった。だが何かあった時集まるのは領主の家で、ここですべてをまかなうようだから、この大きさも必要なのだろう。

食事は保存庫に木の実や香草などと一緒に燻製(くんせい)肉が置いてある。今は春だから、食料には困らず、新鮮なものが食べられるというが、冬は雪に閉じ込められるため、保存食を時間がある時に作り始めるのが大事らしい。

さすがに保存食の作り方は、誰かに聞かなければわからない。ただ、一緒にいてくれるエルマがシルフィーネが外に出られない間にクラン・テュールの女たちと交流を持ったようで、ひとりきりでどうにかしなければならないことはないようだ。

ウォルフはとても精力的な夫であり、できた領主でもあるようだ。

朝早くから起きて出かけて、クランのことすべてに目を通す。まだ不慣れでエルマと一緒に作ったシルフィーネの食事を喜んで食べ（肉が少ないと言うのでだんだん増えていくが）夜には夫婦の務めとしてシルフィーネを寝台に縫い留める。

淑女の会の方々が言っていたことは嘘や誇大ではなかったようだ。まさかそんなことをする人が、と話半分に聞いていたのだが、毎夜ウォルフにされることはいつも戸惑ってしまうくらい恥ずかしく、男女が繋がる体位がひとつではないと知ったのもすぐのことだ。

反対に、ウォルフはこのことをどこで覚えてきたのだろうか。

家から出ると、クラン・テュールの者たちばかりだ。男だけではなく、豊満な、と最初に思った通りの女たちもたくさんいる。彼女たちは誰かの娘であったり妻であったりするが、仲がいいのか領主であるウォルフにも平気で絡み、話し笑い合っていく。

そんな姿を見ると、もやもやとしたものを抱えてしまうことにシルフィーネは面白くなかった。

なんだか、嫌な気持ち……どうして私が、こんな気持ちにならなければならないの？

そう自分で自分に不満を感じていた。

そんな時、ウォルフから長老衆が挨拶に来る、と教えられた。

「クラン・デセベルにはいないのか？　年配だが、一線を退いた一族の者だ」

シルフィーネは驚いた。

もちろんクラン・デセベルにもいる。父はもういないが、クランをまとめていく上で、兄が重宝し、尊敬している先人たちは皆から慕われているのだ。

しかし同じ村に暮らしており、ウォルフの言うようにまったく別のところで暮らすなんて聞いたことがなかった。

しかも、その中にウォルフの父、先の領主がいることを、初めて知った。

「――えっ？　お義父様がご存命なの？　では……どうしてウォルフ様が跡を？」

シルフィーネの疑問は、ウォルフにも疑問だったらしい。知らなかったのか、という点で。

「クラン・テュールの領主交代は、力で決まる。領主の息子、またはその力がある者が領主に戦いを挑み、勝てばその者が領主だ。先代領主とその側近たちは長老衆となって村を移動する」

「……そんなことが」

どうりで、ウォルフの側にいる、クラン・テュールの側近たちは年若い者ばかりのはずだ。

「デナリの森で暮らすには、力が必要だ。自然は豊かだが、時に猛威を振るわないわけではない。それに対抗すべく、領主には力が必要だ」

「長老衆？」

「まぁ……」

シルフィーネはそうとしか言えない。

そんな実力主義のクランがあるなんて、初めて知ったのだ。

兄であるサラディンは、領主となるため力を積んできたが、昨年急に父が亡くなったため、慌てて領主となった。それは追悼の悲しみと、新領主の祝いという側面もあり大事になった世代交代だったけれど、このクランでは本当に何もかもが違うのだろう。

「では、お義父様たちをお迎えする準備が必要ですのね？　あ、お義母様はご一緒に？」

ウォルフは少しだけ顔を歪めた。

「いや、母はもういない。十年ほど前に、身体を悪くして亡くなった」

「まぁ……申し訳ございません、知りませんでしたわ」

「謝る必要はない。お前の両親の方が、亡くなったのはまだ昨年のはず。悲しみは深いだろう」

「それは……」

シルフィーネを王族に嫁がせようとする、困った父だった。明るいけれどそんな父に夢中の母ももういない。

父が権力を求めて、王族に、と近寄るのもちゃんと理由があったことだ。亡くなってしまってその圧力から解放されたのは嬉しかったが、それと引き換えに父と母を亡くしたいわけではなかったのだ。

　少し悲しみを思い出してしまったが、ウォルフがまた言った。

「母はいないが、祖母はまだ生きている」

「――え、えっ?!」

　ウォルフの祖母というと、かなりの高齢のはずだ。

　この村ではそんな人は見たことがない。長老衆と一緒にいるのだろうか、と聞くと首を振られた。

「いや、祖母は少し変わっていて、また別の森の奥に、ひとりで住んでいる。もともと騒がしいことが苦手な人なんだ。今度挨拶に行こう」

「ぜひ、お会いしたいですわ」

　ウォルフの祖母というと、クラン・デセベルと憎み合うきっかけになった祖父の妻ということになる。

　シルフィーネは残念ながら、自分の祖父母に会ったことがない。どちらも、父の幼い頃にはやり病で亡くなってしまったからだ。正確には、亡くなったのは祖母で、残された祖父が耐えられず、後を追うように儚(はかな)くなってしまったらしい。

　だからクラン・デセベルでは、祖父母はとても愛し合った夫婦として語り継がれている。

クラン・テュールとの争いごとのきっかけになったかもしれないが、ふたりの想いは離れることができなかったのだ、と誰もが知っている。

それを見下し、大事な祖母を裏切り者と称し、軟弱者と罵るクラン・テュールに反発して罵り返すのもクランとしてわかる心情だった。

クランの領主が結婚をしたのだから、つき合いのある他のクランからの祝いも届く。忙しくなる、と気持ちを改めている時だった。

エルマが自分の用を済ませている間に、食事用の薪を取ろうと家の外に出ると、女性がひとり薪を抱えてそこに置いてくれていた。

「あら……ありがとう」

いつもここに薪がある、と思っていたけれど、誰かが持ってきてくれていたのだ。

当然だ。薪が湧いてくるわけではない。シルフィーネは失念していたと、女性に礼を言ったが、返ってきたのは冷ややかなものだった。

「領主の妻に収まったからといって、ずいぶん気楽な生活ですのね。クラン・デセベルではそんなにお姫様のような暮らしでしたの？　でもここはクラン・テュール。いい加減気持ちを切り替えていただかないと」

はっきりと見下しているのを隠しもしない彼女を改めて見て、見覚えがあることにシルフィーネは気づいた。

「貴女（あなた）は……」

婚礼の夜、披露宴の場で、ウォルフのカップが空になったと注ぎに来た女だった。

シルフィーネからするとはしたないと思うくらい豊満な胸を惜しげもなく晒し、平気で異性の側に寄る女だ。

「あら、お名前を伺ってなかったわ。いつも薪をありがとう。なんとおっしゃるの？」

見下されたからといって、シルフィーネは大人しく小さくなるような女ではない。

女の僻み、嫌味、争いなどは時として男のそれよりも激しく醜い、と淑女の会では教えてもらっていた。実際に、王宮では陰で女たちが争うところを見たこともある。

それを醜いと思うが、年上の女たちからは「感情が荒ぶるのは仕方のないこと」と教わった。男であれば剣を抜き力で争えるが、女はそうではない。たおやかに、慎ましくいることを求められても同じ人間。男と同じように争う気持ちがないわけではないのだ。

そう言われると、女たちが争うのも普通にあることだと納得できた。

そしてシルフィーネは、目の前の女がウォルフを憎からず思っているのを知っている。あれだけシルフィーネを目で嗤い、ウォルフにしなだれかかっていたのだ。

それに独身のクランの領主である。女たちの目を引かないはずはない。

「コーラ。長老衆オサの娘、コーラよ。クラン・デセベルのシルフィーネ様」

その女の中でも、彼女、コーラの艶やかな姿は目を引く。シルフィーネと同じ歳くらいの彼女が、まだ結婚していない理由は明らかだ。

おそらく、ウォルフに嫁ぐつもりだったのだろう。

王命とはいえ、そこにシルフィーネが割り込んできたのだから、コーラの気持ちもわからないでもない。しかし、シルフィーネのせいではない。

それにそんなふうに嘲られて、黙っているシルフィーネだと思われても困る。

シルフィーネはにこりと笑った。王宮で教わった、感情を見せないが美しい笑みだ。

「あら、私ウォルフ様と結婚して、クラン・テュールのシルフィーネになったんですの。ご存知なかったかしら？」

この時、少し首を傾げるのも重要だ。とても愛らしく見える、とアメリアにも褒められたのだ。

「な――っ！」

予想通り、激高したように眦(まなじり)を吊り上げるコーラだが、ここで手を上げたりするような乱暴者でもないらしい。何度か大きく息を吐き、感情を落ち着けたのだろう。それはさすがだ、と褒めるところだった。

しかし視線はまたシルフィーネを嗤ったままだ。

「……そう、ウォルフ様の奥様。なのにこのクランのこと、何ひとつ知らないのね。本当に嘆かわしい。あなたみたいな人が妻になって、恥をかくのはウォルフ様なのよ」

「今勉強しているところよ。他に知るべきことがあるのなら、ありがたく拝聴するわ」

「はいちょう……？　教えてほしいってことね？　いいわ」

シルフィーネの言葉が理解できなかったようだが、意味は通じたらしい。

コーラは身を翻し、ついてきて、と言った。

「この薪、あなたのために運んでいるんじゃないの。ウォルフ様のためなのよ。自分で使いたいなら、薪小屋から自分で取ってきてほしいわ」

「……わかったわ」

薪小屋がどこかわからなかったが、連れていってくれるということだろう。

確かに、いつもある薪がなくなった時、蓄えがどこにあるのかわからないのは困る。それにコーラの腕に持って運べるのだ。それくらいならシルフィーネにもできると、黙ってついていった。

コーラの案内で家の裏から森の中を進むと、少し中腹に開けた場所と小屋がいくつかあった。

この広場で薪を割り、この小屋に収めておくのだろう。

なるほど、と思いながらコーラの後を歩く。

「今はこの小屋から取っているの。使っていい小屋の順番は決まっているから、注意してちょうだい」

「わかったわ。ありがとう、教えてくださって」

「中に入って取ってよ」

閂を外し、扉を開けたコーラに促されて中に入ると、小屋の中に明かりはなかった。天井まで積んである薪の柱がいくつもそびえ立っているだけだ。人が大勢入れる場所でもない、と感じとりあえず手近な棚からシルフィーネは二本薪を取った。

小屋の中が暗く、早く出たかったのだ。

しかし振り返った瞬間、ばたん、と扉が閉まった。

「――えっ」

思わず薪を落としたけれど、暗闇にいると思うと全身が固まる。

しかしびっくりしていてもだめだ、と必死に頭を働かせて、足を、手を動かそうとする。

「……コ、コーラ」

声を出しても、震えた微かなものにしかならなかった。

「コーラ？」

もう一度呼んで手を伸ばすと、すぐ扉にぶつかった。

「あなたなんて大嫌いよ。あなたが来なければ、私がウォルフ様の妻になっていたのに。今晩は、私がウォルフ様を慰めてあげるわ。あなたなんかより、私の方が満足させてあげられるもの」

「……えっ」

驚いた声が出たけれど、思考は上手く回らなかった。

今晩──

その意味を考えたくなくて、シルフィーネは扉を手で叩いた。

最初は力が入らず、とすん、と当たっただけだった。しかし背後から襲う暗闇が、何も見えない現実がじわじわとシルフィーネを混乱させる。

「コ、コーラ、ねぇ、コーラ？　そこにいるの？　開けてちょうだい、ねぇ」

とすとす、と手が扉に当たる。

力なく振っているだけだから、外に響く音にもならない。

ただ掠れるような小さな声だが、外には届くはずだ。しかし、返事はなかった。いくら待っても、コーラの声は聞こえない。

つまり、この小屋の中にひとりきりだ、とわかる。

そして外に人はおらず、この小屋は家から森に入ったところの中腹にあった。シルフィーネが叫んだところで、家に、村に届くかどうかわからない。

「コーラ……？」

今晩、と言った言葉が頭を巡る。

コーラは今日の夜、ウォルフの相手をするのだ。妻の代わりに、妻のように。

はしたないと思うくらいの、しかし熱い行為を、コーラが受け止める。それに頭の奥がちり、と燃えそうになったが、それよりもウォルフが一晩コーラの相手をするとなれば、シルフィーネはどこで何をするのか。

何も見えない場所が、知りたくない現実を教えてくれる。

この暗闇で、一晩過ごさなければならない。

「――いや！」

小さく声を上げたけれど、誰かに届いたはずはない。

もう一度言って、今度は力いっぱい扉を叩いた。どん、と音がしたけれど、外から閂がかかっているのか、扉は動かない。

「いや！」

シルフィーネは、まだ自分がクラン・テュールに受け入れられていないことを知っている。男たちは遠巻きにしているし、女たちも愛想はよくても仲がいいわけではない。人のいいエルマのおかげで、繋がっているようなものだ。

女たちをまとめているのは側近のナウトの妻でネグロといった。おおらかなネグロはエルマより年上で、頼りがいのある女だがシルフィーネの侍女ではない。領主の妻として扱っているが、シルフィーネ個人に対しては、やはり踏み込んではこない。

のんびりと、ゆっくりつき合っていけばいいなどと構えている暇はなかった。

ウォルフと毎日一緒にいるおかげで気楽に構えてしまっていたが、実際のところ夫がいなくなればシルフィーネは敵陣にひとりで取り残されているようなものなのだ。

エルマ。

大事な侍女を思い浮かべた。彼女なら、シルフィーネを探してくれるだろう。家にいないとわかると、すでに探してくれているかもしれない。

しかし薪小屋にいるなどと、誰が思いつくだろう。それにすぐに陽が暮れる。そうなった時、エルマひとりでこんなところまで来ては危険だ。

ウォルフ。

自分の夫が頭に浮かぶ。

大きくて力のある、クラン・テュールの領主。もしシルフィーネがいなくなったら、彼は探してくれるだろうか。

王命の政略結婚なのだから、シルフィーネがいなくなっては困るだろう。その辺りの判断はできる人だった。

しかし、今日中に探してくれるだろうか？

今晩、コーラが慰めてあげる、と言っていた。

本当に、コーラを相手にしているというのなら、ウォルフは来ないのでは？　一晩くらい、と放っておかれるのでは？

そう思うと、知らず涙が浮かんだ。

「……ウォルフ様」

そんなのは、嫌だ。

彼の隣で、一緒に眠るのが自分ではないなんて、嫌だ。

小さく名前を呼んで扉を叩いた。

それでもなんの反応もない。

「……ウォルフ様っ」

もう一度呼んでも答えはなかった。

見えないけれど、涙がぽろぽろと零れていた。扉をどんどん、と叩いても何も反応しない。

「もう……っばかっ大ばかものっ！　ウォルフのばかもの！　ひどい人！　嫌いよ！　嫌いになってあげるわ！　こんなところに私をおいておくなんて、大嫌いになるわよ！」

言葉にしながら、勝手なことを言っていると思っていた。

しかし、声を上げないと暗闇が心の中まで襲ってきそうで不安でたまらなくなる。

「ウォルフ！　ウォルフ！　もう早く来て！　ばかものなんて言わないから、嫌わないであげるから！　ねぇ！　ウォルフ？」

どんっと強く扉を叩いて叫んでも、誰も何も言わなかった。

シルフィーネ以外は、この暗闇には誰もいない。あの大きくて、温かな腕はどこにもないのだ。

「う……っ」

こんな場所はいや、とシルフィーネはその場に蹲(うずくま)った。

狭い場所にいるんじゃないの、と思い込もうとした。

暗い場所ではないの、目を瞑っているだけなの。

シルフィーネは膝を抱えて座り、その膝に顔を押しつけて小さく丸まった。

「ウォルフのばかもの……」

小さく呟いた声は泣き声になっていた。

それでもこんな場所にいたくない、と必死に何かを考える。

暗い場所はいや。狭い場所もいや。誰の声も聞こえない場所はいや。

「う……っぐす、エルマ……エルマ、たすけてちょうだい、エルマ……」

情けないが、子供のようにぐずるしかできなかった。

いつも助けてくれる侍女なら、きっと。

いつもシルフィーネのことを考えて、こんな場所までついてきてくれた侍女なら、もしかして。

そう思うと口から零れるのは侍女の名前だけになった。

「エルマ……エルマ、助けて、エルマ！」

「シルフィーネ!!」

侍女の名前を呼んだのに、耳に響いたのは力強い男の声だった。

「………ウォルフ？」

「シルフィーネ！」

躊躇って一度呼んでみると、返事をするように名前を呼ばれる。

「ウォルフ！」

確かに彼だ、と思うともう一度大きな声が出た。

その瞬間、がこっと大きな音がして扉が開いた。

「シルフィーネ！」

「……ウォルフ」

ウォルフは光を背負っていた。

表情は見えないが、その大きな身体と褐色の肌、光に透けて金色に輝く髪は見間違えようもない。

眩しさに目が眩んで、外はまだ明るかったとようやく思い出す。

「無事か、シルフィーネ」

強い力に腕を摑んで引っ張られ、その光の中に戻ると、シルフィーネはぼんやりとした視線を辺りに巡らせた。

たくさんの人が薪小屋に集まってきている。

「シルフィーネ様！　ご無事ですか?!」

顔いっぱいに心配を張りつけたエルマがすぐに飛んでくる。

ウォルフに支えられた身体を、大事ないかと確かめていた。

クラン・テュールの者たちが、男女共に大勢集まり始めて、その視線の中にいてシルフィーネは居心地が悪くなってきた。

人の目に晒されるのは、この容姿であるから慣れているが、今はなんとも言えないくらい気まずさを感じる。

もしかして、あまり時間は経っていないのかも……

一晩暗闇にいると思うと、悲嘆に暮れて怯えていたものの、外は夕暮れに近くてもまだ昼間。

村の中は忙しい時間だったはずだ。

そんな時に、こんなにも大勢に迷惑をかけたのかと思うと恥ずかしくなる。

子供みたいに、もう泣くだけの子供ではないのに、暗闇の恐怖に怯えているだけになってしまった。

クラン・テュールの領主夫人として、皆のお手本にもならなければならない立場なのに、した。

この体たらくだ。もういっそのこと、もう一度薪小屋に入ってしまいたい、と思うほど後悔した。

「シルフィーネ様？」

心配そうなエルマの声に、強張りながらもシルフィーネは笑みを返した。

「大丈夫、よ。エルマ。探しに来てくれたのね、ありがとう……皆も、こんなに大勢で。迷惑をかけてごめんなさい」

他の者にも向かって微笑むと、困ったような顔をする者が多かった。

どうしたのだろう、と首を傾げると、その中からネグロが近づいてきた。

「奥様」

「……どうしたの、ネグロ？」

いつもおおらかなネグロの顔が強張り、真剣なものになっている。

「本当に、お怪我は？」

「どこも……大丈夫よ。少しの間ここにいただけでしょう？　すぐに見つけてもらえたもの」

「どうしてこんなところにいたんです？」

「…………」

コーラの策略に嵌ってしまったのだ。

そう答えれば早かったけれど、あまりに相手が真剣で怖く、声が一度止まってしまった。

「外から閂がかかっていた。ひとりで入ったわけではないだろう。——誰だ？」

低い声が、頭上から聞こえた。

今までで聞いたことがないくらい、低く冷たい声だった。

「誰が、俺の妻を、こんなところに閉じ込めた？」

本気で怒っている、と感じ取れる声だ。

ネグロが心配していたのは、シルフィーネではない。ここまで怒りを露にした、ウォルフを警戒していたのだ。

皆が口を閉ざす中、ウォルフの視線がシルフィーネに降りてくる。

「シルフィーネ」

それは命令の声で、口を割れと言っているのだった。

しかし、シルフィーネの中にあるのは素直さではない。助かってほっとしているけれど、最初に呼んだ時に来なかったウォルフに怒ってもいる。

「どうして貴方が怒っているのかしら」

強い視線をウォルフに返せば、周囲が息を呑んだ音が聞こえた。

無謀な、と思われているのかもしれない。しかしシルフィーネには、これくらいの問題を自分で解決できないと思われているのも癪に障る。

ただ、護られるべきお姫様の立場にいるのではない。

簡単にこんなところに閉じ込められてしまったけれど、以降は注意するし、自分に降りかかったことは自分で始末できる。その力を、シルフィーネはここでつけなければならないのだ。

ウォルフに頼ってばかりでは、いつまでたってもクラン・デセベルのシルフィーネのままだ。

「どうしてだと？」

「助けていただいて助かりましたわ。でも、これくらいのこと、自分でも始末できますわ」

「……なんだと」

不機嫌そうに一気に眉間に皺を寄せたウォルフに、一瞬怯んでしまったが、絶対に引かない、と足に力を込めた。

「私ができないと思っていて？」

冷ややかな視線を返すと、ウォルフはしばらくそれを受け止めていたものの、周囲に顔を向けた。

「皆は仕事に戻れ。俺は妻と話をつける」

「でも……」

まず、エルマがそれに反論しようとしたが、ウォルフは強い視線で黙らせた。

エルマを睨まないでもらいたい。

大事な侍女なのに、とシルフィーネは横からにこりと笑った。

「大丈夫よ、エルマ。先に戻っていてちょうだい。それから、見つけてくれてありがとう」

他の者たちにも笑みを見せると、しぶしぶながら皆村の方へと戻っていく。

姿が見えなくなってから、ウォルフはシルフィーネの手を取った。

「怪我は」

「大丈夫……」

返しながら、この手がどこにあったのか、ウォルフに摑まれて初めて気づいた。

今まで、知らないうちにずっとウォルフの服を摑んでいたようだ。

いつから？　え、皆気づいていたかしら?!

途端に狼狽えて、頬が熱くなる。

気丈にしてみせたはずなのに、ずっとウォルフに縋っていたなんて、恥ずかしくて穴があったら入りたい。

顔を手で隠したかったが、その手をウォルフが摑んで睨んでいる。

「…………」

同じように見ると、掌が赤くなっていた。

扉を叩いたせいだろう。

「大丈夫ですわ。冷やせばすぐ治ります、これくらい……」

シルフィーネが言っている途中で、ウォルフは手を口に運んでそこに口づけた。さらにそれだけではなく、痛みを舐め取るように舌を這わせる。

「な……っ」

「どうして俺を呼ばなかった？」

「えっ？」

驚いて目を見開いた時、ウォルフの質問がよくわからずそのまま瞬かせる。

少し間を置いて、ウォルフの言葉を考えてみて、ふと気づいた。

「……声が聞こえましたの？」

エルマ、と呼んだ声だ。

自分でも泣き声だったと思ったから、もしかしたら聞こえていないのかもしれないとも思っていた。

「お前の声が聞こえないはずはない。どうして俺を呼ばない？　お前を助けるのは、エルマでなく俺のはずだろう」

当然のように主張しているが、それはどこの常識かと、シルフィーネは首を傾げる。

それから怒りを思い出して眉根を寄せ、唇を尖らせる。

「来なかったんですもの！」

「なんだと」

「もちろん呼びましたわ！　何度も何度も！　来なかったら嫌いになってやるって言いましたのに！　貴方が来なかったんですもの！　ま、まぁ、こうして来てくださったのだから、嫌わないであげますけど」

つん、と顔を背けたが、ウォルフの表情はまだ険しいままだった。

「俺を呼んでから、エルマを呼んだと？」

「そうですわ。このクランで、他に私を助けてくれる者がおりまして？」

「お前は俺の妻だ。誰よりもお前が優先される」

「そんなこと……まだわからないでしょう？　私、まだ嫁いできたばかりですもの。このクランで心を許せる相手だって、まだいません。これからですわ。これから、私が、領主夫人であると自分で確立いたしますから」

見ていればいいわ、とシルフィーネは思った。

誰にも邪魔はさせないし、もちろん夫だからといってウォルフにだって手は出させない。最初から慕われるなんてシルフィーネも夢見てはいない。ウォルフに護られるまま、甘えているわけにもいかない。

クラン・デセベルから嫁いできた者として、クラン・テュールに立ってみせる。その力がなければ、この結婚の意味を成さなくなってしまう。

王命であっても、嫁いだのはシルフィーネだ。政略結婚であっても、シルフィーネはただその地位に収まって大人しくしているだけの女ではない。

与えられた場所で、自分の力でウォルフの隣を掴みとる。

でなければ、第二第三のコーラが出てくるだろうし、クランに侮られたままの領主夫人などど情けないままだ。

自信を持ってウォルフに、反論はさせないと睨みつけていると、それを受け止めていたウォルフは何故か、ふと力を抜いたように笑った。

「まったく、俺の妻は強いな……強くて美しい。まさに俺の女に相応しい」

「……！」

思わぬ微笑みに、シルフィーネの身体から力が抜けそうだった。

こんなところで笑うなんて、反則だわ！

そう思いながらも、頬が染まるのを抑えられない。

ウォルフは口端を上げたまま、その赤い頬を撫で、顔を寄せる。

「……それで？　この小屋で寂しくて泣いたのか？」

「……まぁ！　泣いていませんわ！」

からかわれて、すぐに反論するものの、ウォルフの指が赤くなった目元を撫でているのは泣いたことがばれているからだろう。

「怖かったのか」

「怖いわけではありませんわ！」

咄嗟に言い返しても、心は揺れているのか、視線も泳いだ。

「なんだ、ここには俺しかいない。吐き出してしまえ。お前のことは、俺が知っておかなければならない」

「別に、私のことは私が……」

知っているから大丈夫、と言いたかったのだが、じろりと睨まれて、今度はどうしてか怯んでしまった。

シルフィーネは少し考えて、ちらりとウォルフを見上げ、もう一度視線を彷徨わせてから、小さく呟いた。

「……ちょっと、少し、暗くて狭いところが、苦手ですの」

「どうして」

聞きながら、ウォルフの腕がシルフィーネを抱きしめる。

強い腕の中にいると、今では何も考えなくてもほっとしている自分がいる。

「小さい頃……五つか、四つの頃に、ひとりで遊んでいて使わない荷馬車に潜り込んでしまいましたの。その時、入り口の扉が閉まって……」

夜まで見つけてもらえなかった。

泣いて叫んで、助けを呼んだけれど、ひとりでいたシルフィーネがまさかそんなところに入り込んでいると誰も思わなかったのだ。

一時は誘拐か、とクラン中が騒然として探し回っていたようだ。

泣き疲れて、暗い荷馬車の中で眠っているところを見つけてもらった時には、安堵でまた泣いた。

怖くて怖くて、どうしようもなかった気持ちが、大人になったはずなのに拭いきれない。

こんなことではだめだ、と思っていても、対処するにはもう暗くて狭いところに入らないようにするくらいしかない。

「……なるほど」

子供の頃は、兄の後をついて回るほどのおてんばだったのだ。

そんな自分を知られてしまって、恥ずかしくもある。ウォルフの腕の中で小さくなっていると、突然ウォルフはシルフィーネを抱き上げてすぐ側の、シルフィーネが閉じ込められていた薪小屋に向かった。

「どうしましたの？」

「ちょっとやってみよう」

「……何をですの？」

問いかける声が、すでに不安に揺れていたのはウォルフが小屋の中に入って扉を閉めようとしたからだ。

「いや！　閉めちゃいや！」

「大丈夫だ。俺を見ろ」

ぎゅうっとウォルフに抱きしめられた状態で、微かに開いた扉からの明かりで、強い金の瞳が見える。

「ウォルフ……」

「俺を見て、俺を感じていろ」

「で、でも……んっ」

ウォルフはシルフィーネの反論を塞ぐように、口づけを落とした。

またシルフィーネの頬を包み込みながら、唇で唇を愛撫する。

「うぉる……ん、んっ」

「暗い中で、お前はひとりじゃない。俺を感じていればいい」

「ですけど……あっ」

ウォルフは最後の隙間もなくすよう、扉を内側から閉めた。

閂がかかっていないから、内側からでも開けられるだろう。それでも灯りのない空間に不安が襲う。咄嗟に逃げようとしたシルフィーネを摑み、ウォルフは後ろから抱きしめて腕に閉じ込めた。

「扉を開けたままだと、誰かが来たら見られるだろう」

「何を……っあ！」

ウォルフの大きな手が、服の上からシルフィーネの胸を包んだ。痛みを覚えるほど、ぎゅうっと掴んだと思うと、すぐに力を抜いてやわやわと揉み始める。

「ん……っそ、んな、だめです……っこんな、とこ、でっ、何をなさっているか、わかっていらっしゃるの⁈」

「わかっているとも」

どうにか手をどけようと、胸から剝がそうとするのに、力の差は歴然としていて、ウォルフを引き剝がせない。

シルフィーネの髪を避け、首筋に熱い息がかかる。それに震えると、すぐに唇が甘く吸いついてくる。手はシルフィーネのスカートの裾を捲り上げ、ろくな抵抗もできなくなった身体にいたずらをするように動き始めた。

「お前の身体はもうすべて知っている。暗い場所でだって、どこに何があるのか、どうすればいいのか、すべて知っている」

「あ……っん」

その言葉通り、ウォルフの手は下着の上から太ももを伝い、秘所に伸びる。そのまま弄られた、と思うと、すぐに下着の中に手が潜り込んできた。

「ん……っふ、ん」

熟知している、と言ったウォルフはいとも簡単にシルフィーネの身体を昂らせる。身体の奥に火をつけるように、呼吸を乱すような愛撫で狂わせようとするのだ。

暗闇で見えないが、ウォルフの息遣いでどこにいるのかはわかる。

彼の身体が沈み、脚を曝け出すように裾を捲り上げた中に顔を埋められて、狼狽えた。

「何を……っ！」

下着を脚から引き抜かれ、露になっただろう秘所にウォルフの吐息を受けて、息を呑んだ。

そしてすぐ、吐息だけではなく温かく強い舌がそこを這うのを感じる。

まさかこんなところで、と動揺しても、迷いのないウォルフの愛撫を止められるとは思えなかった。

「……見えないのは少々アレだが、お前がよくなる場所がわからないわけでもないし、明るいのが恥ずかしいといつも言っていたじゃないか。ここの方がましか？」

「そんな――！」

ウォルフの声は、暗闇でいるとより感情がはっきりと伝わってくるようだった。

明らかに今は、シルフィーネをからかっている。その証拠に、いつも以上に楽しそうな声で、そして恥丘に顔を埋めて舌と唇を使って愛撫することをやめない。

くちゅくちゅと音がはっきりと聞こえてくる。

なんでそんな音が立っているのか考えたくもないほど、恥ずかしい。暗闇では自分の必死で嬌声を押し殺すような息遣いすらはっきりと聞こえてしまい、いつも以上に羞恥に震えた。ましどころか、いつもより辱めを受けている気分だ。

「ウォルフ……っこ、こんな、ところで……こんなこと……っあ！」

ウォルフはシルフィーネの脚をより開くように片脚を掴んで自分の肩に乗せた。

さらに奥を責められる、と身構えた瞬間、ウォルフが吸いついたのは秘所ではなくその太ももだ。

ちゅう、と音を立てて吸いつき、さらに柔らかさを口で確かめているのか大きく開いて噛みついてくる。

「や……っん！」

「美味い」

本当に食べられているような感想を聞いて、シルフィーネは見えない顔を、その頭に向かって手で叩いた。

「た、食べ物ではありませんわ！」

「お前以上に美味いものを、俺は喰ったことがない」

「だ、だから食べ物では……ん、んっ」

シルフィーネの抗議などまったく気にもかけないウォルフは、その太ももを舐めしゃぶっている。時に甘嚙みでシルフィーネを刺激するものだから、自分を支えている片脚は震え、崩れ落ちそうだった。

「あっ、あ……っん！　も、もう……っ」

何を強請っているのか、シルフィーネは自分でも理解できなかった。

それでも身体が欲しているものがある。

太ももを舐めていた舌が、時折秘所のすぐ側に触れて、しかし確かなものを与えずに過ぎ去っていく。

熱い身体を持て余し、どうすればそれから解放されるのか――もっとよくなるのか、すでに知っているから甚振(いたぶ)られるだけのこの状態に耐えられなくなったのだ。

与えられる愛撫と沸き上がる熱に耐え、目をぎゅうっと閉じると涙が浮かんでくる。

「ウォルフ……っ！」

悲鳴のような懇願の声に、ウォルフは素早く答えた。

脚から顔が離れたと思うと、違う熱がそこに押しつけられていた。

「暗闇だろうとどこだろうと、お前が知っているのは俺のことだけでいい」

耳に声が届いたと思うと、大きな身体に抱き竦められて、そして熱い塊に貫かれていた。

「あ、あ……っ！」

迷わず、シルフィーネは大きな背中に手を伸ばす。回り切らないとわかっているが、離れたくなくてできるかぎりの力で必死に縋った。

ぬるりとした肉棒が抜き差しされ、シルフィーネの内部をかき回す。

「ん……っん、ん！」

大きい、と感じてしまうくらいそれはゆっくりとしたもので、その熱しか感じ取ることができなくなったシルフィーネに思考を思い出させる。

こんなに大きなものを、よくも受け入れられるものだ、と自分に感心してしまったのだ。そしてそれがなくなると、どこか物足りなくなってしまうのだから、シルフィーネはすっかりウォルフに染められてしまっていた。

シルフィーネが逃げられないようにと抱きかかえていたウォルフが、暗闇の中で顔をよく見ようというのか、大きな手で頬を撫で、髪を梳き、額に口づけを落とす。ついでにそこを舐めるのにも慣れてしまった。

激しいわけではなく、啄むような唇の動きに、シルフィーネはそれが欲しくて自ら口を開く。

「ん……っ」

期待した通り与えられる口づけに、その優しさに甘さを感じ、シルフィーネはうっとりと受け入れた。

身体のすべてが繋がっている気がした。

気がするのではなく、実際に繋がっているのだが、気持ちの中でも結ばれている気がしたのだ。

暗闇でいるのに、シルフィーネはしっかりとウォルフを感じ、そして離れたくないと必死になっていた。

「……あっ、あっ」

甘い口づけが終わると、ウォルフの動きが変わる。

「シルフィーネ……っお前は、俺だけを、感じていればいいんだ……っ」

「あっ、あっあっ」

ついに、シルフィーネの両足を抱え上げたウォルフのおかげで、シルフィーネは不安定になってさらにウォルフの首に手を回してしがみついた。

背中が、薪小屋の無骨な壁にぶつかっているが、痛みなどまったく感じなかった。

ウォルフの強い律動が、腰の動きが速くなり、シルフィーネは昂る声が止められない。

「ウォルフ、ウォルフ……っい、いく、いっちゃうわっ」

「ああ……俺を受け止めればいい、ここで、全部で、お前は俺のものだ、シルフィーネ！」

はしたない声を上げている自覚など吹き飛んでいた。

シルフィーネはただ押し込まれる熱に、自分がおかしくなりそうなほど感じていて、一緒にウォルフもおかしくなるのなら、どうなっても構わないと心を明け渡した。

村に戻ったシルフィーネはぼんやりとしていて、服装は整えたものの足元は覚束ず、ウォルフに支えられたままだった。

勘のいいエルマは、何があったのか気づいたかもしれない。

恥ずかしいと感じたのは翌日頭がはっきりしてからで、シルフィーネはその夜もウォルフに責め立てられ、コーラの件の始末をつけることもすっかり忘れてしまっていた。

そして翌朝、シルフィーネはひとりの寝台で目覚めて、なんだか身体で誤魔化されてしまった、と憤慨する。

暗闇が怖かったシルフィーネだが、今度は違う意味で暗闇にいられなくなりそうだと恥ずかしさに顔が赤らんだ。

ウォルフは早朝に目を覚まし、クランを見回ってから朝食の頃に戻ってくるのだ。

その頃までに、シルフィーネは起きて食事を用意しておく。それが毎朝の習慣になっていた。

流されてしまったけれど、あんなところであんなことをするなんて、と怒ろうとしていたシルフィーネは、戻ってきたウォルフの硬い表情に何かあったのか、と瞬間的に気づいて同じように顔を強張らせる。

「どうしましたの……？」

「……父上が来た」

「……えっ」

一瞬驚いて目を瞬かせる。

ウォルフは珍しくため息を吐きながら、額を押さえている。

「まったく、来る前は連絡してくれと言っているのに……こうして不意を突くのが長老衆のやり口だ」

「こんなに早くに来られましたの？　食事はどうしましょう？　こちらで用意を、それとも……」

「他の者にも声をかけてきた。広場に席を作らせる。俺の結婚のお披露目でもあるからな。簡易な宴になるだろう」

朝からだが、とつけ加えるウォルフに、彼が困っているのは珍しい、と思いながらもシルフィーネも頷いた。

「わかりました。では私はネグロを呼んで用意をいたしますわ」

「呼んでおいた。もう来るだろう」

ウォルフがそう言うと、裏口から声が聞こえた。

「シルフィーネ様」

「奥様？」

ふたり分だ。エルマも一緒に来てくれたのだろう。

シルフィーネは少しほっとして、ウォルフに頷いて動き始めた。

妻として、やるべきことをやる時なのだ。

＊

シルフィーネが緊張しているのがわかる。いつものように、背中に羽でも生えているのかと思うほど優雅に動いてはいるが、ウォルフにはもうわかる。緊張すると、動作の前に一瞬、強く手を握るのだ。

そのシルフィーネを前に、にこやかに挨拶してきたのは父であり先の領主だったベナード・ルッタ・テュールだ。

「これは初めまして。噂に違わぬ美しさの嫁か。羨ましいものだ」

力で勝てたとはいえ、まだ威厳を見せる父がシルフィーネに対して何を言うのか、彼女が緊張している分、心配になる。

「初めまして、お義父様。このたびクラン・テュールに嫁いでまいりましたシルフィーネです」

王宮の作法なのか、腰を少し落とす仕草も美しく、様になっている。デナリの森で暮らす、少々粗野になってしまうこのクランではかなり浮いた存在にも見える。

その容姿からして、恐ろしく目立っているのだから今更ではあるが。

しかし目立つからこそ、誰の目にも止まり安全だとも言える。

まさかクランの者が、シルフィーネを傷つけようとするとは。ウォルフはまだ心に怒りを燻らせていた。

態度で従わぬ者や、まだ受け入れられぬと拒絶する者は少なくない。しかしウォルフの妻となったのだ。その立場を理解していない者はいないはずだった。

なのに直接、その身体を傷つけようとする者がいるとは。

口で、態度でなら、シルフィーネは負けはしないだろう。ウォルフにだって逆らえる強い心を持っているのだ。

しかし、シルフィーネは小さく、弱い。そこらの女にだって、手を上げられたらすぐに傷ついてしまうだろう。

そんなシルフィーネの姿が見えない、と言われた時は耳を疑った。

一番最初に気づいたのは、やはりエルマだった。ちょっと目を離しただけで、台所にいたはずの存在がいないのだ。そしてどこかに移動したのなら、あの容姿から誰もが目にしているはずだった。

報告を受けて、すぐに探させたものの、村の中にはいなかった。

まだ陽はあったものの、陽が落ちればこの森は冷え込んでしまう。まさか森のどこかで迷っているのでは、と考えるとぞっとする。

しらみつぶしに端から思い当たるところ、隠れられそうなところもあたって、それでもそれほど時間がかからなかったのは、こっそりと隠れるようにしてコーラが村に帰ってきた、と報告があったからだ。

コーラは長老衆の娘で、シルフィーネが来るまではよく側にいて家の中のことなどを手伝ってくれていた。ただ、コーラにはなんの気持ちも動かないままだった。他の女たちと同様、護らなければならないクランの女としてしか見たことはない。

コーラに想いを寄せられていると知ってはいたが、ウォルフにはどうするつもりもなかった。そしてシルフィーネと結婚することになったのだ。

そんなコーラが、隠れるように森の薪小屋に向かう道から戻った、と聞いてすぐに薪小屋に走った。

シルフィーネは無事だったが、そこでウォルフは改めて、シルフィーネが強く、美しいという事実を理解した。

そして同時に、他の者も理解しただろう。

クラン・デセベルの娘だが、誰よりもクラン・テュールの領主夫人に相応しい。その気持ちも、実力も持っている。そのことをクラン中に理解させられたのなら、上々なのだろう。

これで少なくとも、シルフィーネを侮ったり無視したりするような者はいなくなるはずだ。

コーラはすでにシルフィーネの態度を他の者から聞いていて、怯えて隠れている。

何もしていないのに服従させる力を発揮する妻に対して、夫であるウォルフの方が充実した気持ちになっていた。

なのに、今焦りを感じている。

父であるベナードの、クラン・デセベル憎しは半端じゃないからだ。

おそらく、この結婚を持ちかけたアレクシスたちも、領主が父のままなら政略結婚すら考えなかっただろう。

どんな結果になるのか、考えなくてもわかる。

いや、クラン同士の政略結婚ならば、相手は領主になるのが当然だ。だからウォルフに嫁いできたのだから。父が領主であれば、父に嫁ぐことになっていたのかもしれない。

幸か不幸か、母はもういないのだ。

もしかしてでも、そんな未来があったかもしれないと思うだけで、ウォルフの心は昏く揺れた。

シルフィーネは俺の妻だ。

他の誰にも、父にだって渡すつもりはない。

今のところ、シルフィーネは隣に座り、父をはじめとする長老衆からの言葉にも淀みなく答えている。

何度聞いても飽きない、透き通るような声だ。

いつまでも、この声を聞いていたい、と思った時だった。

「ウォルフ様、客人が……」

側近であるナウトが躊躇いがちに声をかけてきた。

今は忙しいというのに、誰だ、と顔を向けると、珍しくナウトも困惑していた。

「――アレクシス王子と、クラン・アルフからの使者です」

「――なんだと？」

結婚祝いの使者はこれまでにも何人か訪れていた。

それでも簡単に挨拶をして、祝いを受けてもてなし、帰ってもらっていた。

しかしこれは相手が相手だ。

いったいどういう組み合わせだ、と思いながらもひとりが王子であるなら出迎えないわけにはいかない。

父たちには悪いが、いやいっそのこと一緒に出迎えてもらった方が、と視線を向けると隣のシルフィーネが顔を強張らせていた。

いったい、何に驚いているのか。
ウォルフの意識はアレクシスよりもそっちが気になって仕方がなかった。

六章　不和の宴

いったいどうして、こうなっているの？

シルフィーネは頭を抱えたかった。

できるなら、この場から離れて暖かな寝台の上で丸まって夢を見ているんだとそのまま眠ってしまいたかった。

しかし逃げられるはずがない。

出迎えた先にいるのは、ハイトランド王国の王子であるアレクシスと、妖精の谷と呼ばれるハイトランドの奥地に住むクラン・アルフの使者、スィーニ・カリュ・アルフだ。

アレクシスの供に直属の騎士が幾人かいるだけの少人数の訪問に、クラン中が沸き立っているようだ。

シルフィーネとしては、どちらもあまり会いたい相手ではないだけに、顔を顰めたいが王宮で習った笑みを必死で浮かべる。

それに気づいたアレクシスが、にこりと笑った。

その笑みに、気づいているのだ、とわかる。

シルフィーネがクラン・アルフのスィーニを嫌っていることを、知っていて連れてきたのだとわかった。。

ますます憎たらしい、とアレクシスを心の中で恨む。

父が勧めていたものの、彼とは結婚したくなかった。結婚できなくなって誰より安堵していたいるのはシルフィーネだ。

アメリアと一緒に過ごさせてもらったのだ。兄としてはいい人だし、頼りにもなるのだろう。しかし付き合いたいと、ましてや夫にしたいとは思わないくらい、癖の強い人だった。

「これは王子、久しぶりですね。はるばるお祝いに？」

「まぁね、ついでに面白いものが見られるかと」

ウォルフはアレクシスと顔見知りだったのか、気安い挨拶をしていた。それに答えるアレクシスに、やはり嫌な予感しかしない。

「久しぶりだね、シルフィーネ。このたびは、結婚おめでとう」

「お久しぶりでございます、アレクシス様。わざわざお越しいただかなくてもよろしかったのに」

にっこりと微笑まれて、シルフィーネもにこりと返す。

「妹のように思っている君の結婚だよ。直接祝ってやらなくてどうする？　アメリアの代わりにもね」

「あら……」

敬愛するアメリアの代わりと言われれば、しぶしぶながらも受け入れなければならない。

ただの言葉でも、そんなふうにアメリア様を使うなんて、と思っていると、それまで黙って待っていたスィーニが口を開いた。

そして一番面倒なことを言ってしまったのだ。

「妹などと、アレクシス様。我々の婚約者だったシルフィーネのことではないですか。そんなに簡単に承諾できるものではないでしょう?」

「――――」

その声は、聞き耳を立てていただろうすべての者に届いたはずだ。

隣にいるウォルフだけではなく、クラン・テュール全体に広まっただろう。

シルフィーネは、はっきりと顔を顰めた。

やはり、面倒なことになった、と笑っているアレクシスを睨むことしか今はできなかった。

場を改めて、クラン・テュールはアレクシスとスィーニを迎え入れた。

たとえ攻撃的な言葉を口にしても、婚姻の祝いの使者である以上、同じように受け入れねばクラン・テュールの立場がなくなる。

シルフィーネは結婚した以上、スィーニと顔を合わせる必要もなくなったとどこかほっとしていたし、アレクシスに至っては王命として結婚したのだから、結婚した以上放っておいてくれると思っていた。

ハイトランドの平穏を長続きさせるため、という名目をシルフィーネは護るつもりなのだから。

クランとして争いごとは起こさせないよう気を配るつもりだし、まず自分がクラン・テュールと心を通わせるようになれば、クラン・デセベルとの関係などすぐに改善されるとも思っていたのだ。

争いの原因となった祖父母はもういないし、サラディンもウォルフも互いを敵視しているようには見えない。少なくとも、兄であるサラディンはクラン同士の争いを起こすような人ではない。面白がってクラン・テュールを煽ることはするかもしれないが、それだけだ。

ウォルフは、夫としてではなく、領主として見ると冷静な人だった。

多くを見たわけではないが、人を統率する力と、何かが起こった時に瞬時に判断し的確な指示が出せるのは、村の中で動いているところや側近たちと話しているのを聞いただけでもわかる。

そんな人が、王が望む平穏を自ら壊すような真似(まね)をするとは思えない。

それに、夫としては、とシルフィーネは思わず頬が上気する。

思い出すと困ることばかりだが、女として求められていることは確かで、憎からず想ってくれているのだろうとも感じている。クラン・デセベルからの妻なのだから、大事にしなければならないと考えているのかもしれないが、人質扱いのように丁重にされているというのとはまた違う、と感じるのだ。

シルフィーネを見つめる金の瞳はいつも強く、熱いものを宿している。

ふたりきりになればすぐに手を伸ばし、はしたないと怒っても欲望を隠さず求め続ける。

そして、こちらの心臓を止めるような笑顔を見せる。

とても素直な人だ、と気づいた。

領主としては努めて冷静に表情をなくしているのかもしれないが、ウォルフ本人はとても感情豊かで、シルフィーネの気持ちを簡単に乱してしまう。

「どうした、シルフィーネ?」

「……えっ」

思わぬ客人のおかげで、もてなしの席は大きくなった。

ウォルフの父であるベナードと長老衆たち、高位の客人であるアレクシス。それに祝いの使者としてクラン・アルフを代表するスィーニ。

それを囲むクラン・テュールの者たちも見渡すと、先日の結婚披露宴とほとんど変わらない状況だ。

その席でシルフィーネは、つい逃避していたのか、思い耽ってしまっていたようだ。ウォルフに声をかけられて、慌てて背筋を伸ばす。

「何か気になることが?」

「いいえ、料理の確認を思い出していましたの。大丈夫ですわ」

「そうか。では、王子?」

ウォルフの視線を受けて、アレクシスが葡萄酒の注がれたカップを掲げた。

「新しき夫婦の未来と、クラン・テュールとクラン・デセベルの繁栄に!」

乾杯、と皆がカップを持ち声を合わせた。

そこから改めて食事を始める。バタバタとしていたおかげで、もうすでに朝食の時間ではなく昼の軽食の頃だ。あまり昼には重たいものは食べないことが多いが、祝いの宴であればまた別だろう。

その宴も、和やかに進んでいるようでいて、緊張感が漂っているのは誰の目にもわかることだった。もういっそ、騒がしいほどでもいいから披露宴の時のような罵り合いのほうがすっきりとするだろうと思うくらい、重苦しいものがある。

「……それで、我がクランの新しい嫁は、他に男がいたにもかかわらずうちに来たということですかな?」

穏やかな声のようだが、はっきりと冷たいものを含んだ言葉を最初にぶつけたのは、ベナードだ。

「父上」

「まさか我が息子を裏切り他の男に走る、などという計画が……いや、杞憂ならよいのですが。以前にも似たようなことがあったので、息子が心配でしてね」

諌める声を上げたウォルフを無視し、ベナードはアレクシスに親心を訴えるような顔を向ける。

「なるほど、僕の聞いた物語とは少し違うようだが、似たものがあったのなら心配になるのも当然。どうなんだウォルフ？」

にこりと笑った目を向けられたウォルフは、平然とした様子だったがじろりとアレクシスを、ベナードをも睨んでいる。

「杞憂です」

ウォルフの声に、アレクシスや他の者も隣に座るシルフィーネに視線を送った。

放っておいてくだされればいいのに。

そう思いながら、シルフィーネは少し首を傾げて応えた。

「私は、遠い昔の物語としてそのようなお話を聞いたことがございますけれど、確か私が嫁いできたのは貴き方の願いだったような？」

王宮で習った通りの笑みをアレクシスに返すと、彼はさらに笑みを深めた。

「確かに、誰もがシルフィーネとウォルフの幸せを願ってのことだったはずだな」

「ありがとうございますアレクシス様。幸いにも新しい生活はとても楽しいですわ」

「それは何より」

どこか冷ややかなものがあるのに、表面上だけは穏やかに会話を進めるのは、聞いている方にとっては居心地のいいものではないかもしれない。

しかし、シルフィーネだって疑われるのは嫌だし、理不尽な責めを負わされるのも嫌だ。アレクシスがいる以上、クラン・テュールの者たちが本当は何を考えていても直接的な侮蔑を向けられるわけではない。

しかし嫌味と態度を見ても、ベナードには嫌われているらしいということはわかる。ウォルフが長老衆が来る、と言った時に顔を顰めていた理由がわかった。そう思うと、ウォルフは少なくとも、他の者たちのようにシルフィーネを疑ったり嫌ったりしているわけではないと、改めて気づくのだ。

「シルフィーネ」

「……少しだけ」

ウォルフはシルフィーネのカップが進んでいないのを見て促すが、頭を働かせておきたいからあまり飲みたくはない。勧められたから一口飲んでみせて、口元を緩める。

相変わらず甘酸っぱくて美味しい。

クラン・テュールから持ってきていた葡萄酒がまだ残っていたようだ。

その光景に、宴の場が少し緩んだ気がした。

当事者であるシルフィーネとウォルフが、仲睦まじくしているのだ。この結婚に異議を唱える者は口を噤むだろう。

そう思っていたが、その場には空気を読まない愚か者が混ざっている。

「残念だ。君の隣は私が座るものと思っていたんだがね」

明るい声だったが、明らかにかき回してやろうという悪意が見える。

それがスィーニという男のやることなのだ。

金色のまっすぐで長い髪に、薄い緑色の瞳と穏やかそうに見える表情。それにすらりとした細身の姿はまさにクラン・アルフの者そのものだった。

クラン・アルフは美しく、衰えを迎えても美貌を損なわないことから、本当に妖精の末裔とまで言われていた。黙っていれば、その存在は異質で儚くも見え、人と一線を画し浮世離れした雰囲気を持っている。

だからなのか誰もが彼らを貴き者として丁重に扱うことが多いが、その実態をシルフィーネは知っている。

彼らが、他のクランと、他の人間と同じ生き物だということを、よく知っているのだ。そしてスィーニが、その容姿を利用して悪意を振りまくことを好んでいるというのは身に染みて誰よりもわかっていた。

だから彼には一番警戒するし、二度と会いたくないと思っていた。

案の定、この場でも楽しそうにかき回すようだ。

「シルフィーネ、君は父上たちの喪が明ければ、私に嫁ぐ予定だったはずでは？　もしくは幼い頃からの婚約者としてあられたアレクシス様なら、私も納得できたのだが」

「そんな予定、私のどこにもございませんでしたけれど。スィーニはまだお若いはずですのに、もう記憶違いを起こされているのかしら？」

シルフィーネとしても黙っているわけにもいかないから、すぐさま対応する。

言われっぱなしでいては、スィーニの態度から真実だと思われてしまうかもしれないからだ。彼はあまりに堂々としていて、自然体であることを見せつけているから、間違っているなどと誰も疑問を持たないのだ。

「これは聞き捨てならないことを。そんな女を我がクランに嫁がせたのは、ご自分の憂いをなくすためですかな、王子」

「――――！」

ベナードの一言は、つまりアレクシスと遊んでいたシルフィーネの後始末をウォルフに押しつけたという意味でしかない。

それはシルフィーネだけではなく、アレクシスだって侮辱しているものだった。

思わず目を細めてベナードを見たが、声を向けられたアレクシスはいたって変わらず、穏やかなままに応えていた。

「さて。僕には婚約者などいなかったという事実があるだけだが。シルフィーネは確かに、アメリアの友人でもあったから妹のように可愛がっていたが」

「まぁ、私にはちゃんと優しくて頼りになる兄がおりますわ。他の方をお兄様とお呼びしたことはございません」

アレクシスはアメリアの兄で、王子だ。

長子で王子だというのに王宮にいつかず、何をしているのかどこにいるのかもわからず、王位をどうするのかという不安をアメリアに押しつけた放蕩者でしかない。

アメリアが慕っていたので悪くは言えなかったが、父がいくら勧めようとも、彼と結婚する気にはなれなかった。

今だって誰よりも発言力がある地位にいながら、はっきりと助けてくれるわけではない。優しく手を伸ばしてあげるだけがいいことばかりとは言えないとわかっている。アレクシスは笑みを浮かべながら穏やかな態度でいるが、優しい男ではない。使えないと思えば笑顔で切り捨てる人だ。

王宮でそんな人々を見てきたシルフィーネは、そんなところもあまり好きではなかった。というより、好きではない、と気づいたのだ。このクランに、ウォルフに嫁いできてから。ウォルフの生真面目で、強引でありながら、クラン全体を護っている彼の姿を見て、心を動かされたのは自分だった。

「シルフィーネはアレクシス様を兄とは見ていないと。想う相手から妹などと言われては辛かっただろう、シルフィーネ。私は君を妹などと思ってはいないから安心してくれ」

スィーニの言葉にまた目が据わる。

勝手なことを言い続けるスィーニを外に放り出せたらいいのに。

シルフィーネはそう願って、隣に座るウォルフの服の裾を、つい摑んでしまった。まるで子供のように庇護を求めるような行動で、無意識の自分を恥じらったが、それも一瞬のことだった。

広場を見渡しているようなウォルフの表情は硬く、なんの感情もないように見える。これはまるで、披露宴の時のような、いや、それ以上に冷ややかなものを含んでいた。

「つまり、そちらはシルフィーネとはどのような繫がりで婚約者になられたのですかな？」

ベナードがどうでもいいことを掘り下げていく。

シルフィーネとしては考えたくもないことなのに、スィーニは嬉々として答えを返す。

「シルフィーネの母は我がクランの出自です。ですからシルフィーネと私は遠い親戚ということになりましょうか。一族で愛されていた小母に会いたくて、幼い頃から私はクラン・デセベルを訪れ、シルフィーネともよく遊んだものです。シルフィーネはとても愛らしく、クラン・アルフの者にとっても小母の代わりに、と望まれて私の婚約者になったのです」

笑顔で嘘をつけるスィーニが嫌いだ。

事実と違うのに、その容姿と口調で誰もが信じてしまいそうになる。今も、ベナードたちはそれを受け入れ、顔を顰めてみせている。

スィーニを裏切ったシルフィーネの評価をまた下げているのかもしれない。

「そんな事実はございませんけれど」

「シルフィーネ、新しいクランに馴染むため、立場を護ろうとするのも大事だけれど人の気持ちはそう簡単には変わらないからね」

「私の気持ちは昔から変わっていませんわ」

一段と冷ややかに返したのに、スィーニは慣れているのか軽く肩を竦め、またベナードたちに顔を向けた。

「小母を大事にしていた小母の家族も、シルフィーネを我が子のように愛していますから。一度クランに来てほしいと願っていた頃、不幸な事故が起こり、小母もその夫であるクラン・デセベルの領主も亡くなってしまい……その喪が明けるのをこちらは待っていたのですが」

苦笑するスィーニの言葉に、誰もが聞き入っている。

長老衆と呼ばれる年配の者たちは特に、険しい顔をしていた。もちろん、クラン・テュールの者たちも、ウォルフだって聞いている。

聞く価値もない、と思っているのはシルフィーネだけで、自分ひとりではここで彼の口を塞ぐこともできないのだ。

その苛立ちに表情が知らず歪んでいた。

「しかし婚約者がふたりとは、いったいどういう理由で？」

ベナードの質問に、スィーニが頷いて答える。

「クラン・アルフとの繋がりを願っていたのは我が愛する小母ですが、権力を欲していたのはその夫だったのです。自分の地位を高めるためだけに、恐れ多くも王族との婚姻を望み、アレクシス様に申し込んだと聞いていますから——ねぇ、アレクシス様」

「正式に申し込まれていれば、正式に答えることができただろうね」

話を向けられたアレクシスも、苦笑するように答えた。

クランのことを第一に考える父だったけれど、家族を、娘のことを大事に思っていないわけではなかった。シルフィーネが、アレクシスが望まないかぎり、実現しなかった結婚だ。

「では、約束を反故にされたスィーニ殿は辛かったでしょう。我がクランもそのような事情とはまったく知らず」

ベナードの言葉に、シルフィーネははっと気づいた。

スィーニと結婚の約束をしていながら、他の男に嫁いだシルフィーネ。権力を望み、王族との結婚をもぎ取ろうとしていたクラン・デセベル。

そんな話を受け入れてしまうと、シルフィーネの、クラン・デセベルの立場は、恐ろしく脆くなるのではないか。

ここには、敵しかいないんだわ。

シルフィーネは改めてその事実に衝撃を受けた。

広場を見渡しても、誰ひとりとしてシルフィーネと視線を合わせない。

スィーニの話を聞き、アレクシスに気を遣い、険しい顔で互いに顔を見合わせ何かを話し込んでいる。

敵陣の中で、たったひとりぽつんと置かれていると思うと、どうにかしなくては、と頭を回転させるも、隣にいるウォルフはまったく何も言わない。

横顔を見ても、何を考えているのかすらわからない。

思わず裾を摑んだ手を、取ることもない。

何かしなくては、スィーニの勝手にはさせたくない、と意気込んでいたはずだが、その横顔を見て、心がどこかに落ちてしまった。

掬い上げるものが何もないような、昏いどこかに落ちた。

すると胸にぽっかりと穴が空いたように思えて、心がまた沈み始める。

ウォルフが、何も思わないのなら——私が何をやったって。いくら頑張ったって。

シルフィーネはもう立場も考えなくていいのなら、席を立ってしまおうかとも考えた。

ここにいたくない。

自分を護ってくれる腕も温もりもない場所に、いたくない。

そう思って最後に席を見渡した時、スィーニがにこやかに話しながらも熱の籠った視線をしっかりと周囲に巡らせているのに気づいた。

気づいてしまった。

しまったわ、ここは、彼の獲物ばかり！

アレクシスの騎士たちも、クラン・テュールの若者たちも、長老衆たちまで、スィーニはまるで品定めをするように見渡している。周囲を気にかけているようにも見えるが、シルフィーネにはわかる。

彼の視線がシルフィーネの隣、ウォルフに止まり、その姿を上から下までじっくりと眺め、最後には満足そうに目を細めたところで、ざあっと背中が震えた。

逃げてはだめ！

シルフィーネは心をしっかりと持った。

居心地の悪い場所でしかないが、ウォルフを護らなければ、と思ってしまったのだ。

クラン・テュールの者たちだって、捨ててはおけない。

いくらシルフィーネが讒言(ざんげん)によって蔑まれようとも、クラン・デセベルへの悪意を向けられようとも、ここを護れるのは自分しかいないと決意した。

なんという宴だろうか。

いや、こんなものが宴であるはずがない。しかも、領主の結婚を祝うものであるはずがない。

*

ウォルフは目の前で繰り広げられる茶番のような光景に辟易していた。

父の、クラン・デセベル憎しは強いものだった。

祖父より、生まれた頃からずっと言われ続けてきただろうから、思い込んでしまうのも仕方がないのだろう。それに父の代では、クラン・デセベルとの交流は皆無だった。向こうも警戒していたのかもしれない。

小競り合いをするような接触すら絶っていたほどの、絶縁状態だった。

クラン・デセベルの者を知らないからなおさら、悪感情は正されないだろう。

ウォルフも幼い頃からクラン・デセベルの悪行を教えられてきたけれど、まだ村の中にいた祖母からもいろいろと話を聞いていて、どちらの話が正しいか、自分で考えられるようになるまでは判断してはならない、と祖母に言い聞かされていた。

それもそうだな、とウォルフは誰の意見も聞くようになった。

そして自分の意思をはっきりせねばならない頃に、アレクシスが訪れた。王族の、しかも長子でありながら、放浪して国の内外を見て回っているという。その時連れている供は様々だったが、いろいろな話をしてくれてクランの外のことに初めて興味を持った。

いろんな話を聞いた。そして何度か誘われて外に出てみたこともある。

クラン・テュールを愛し、大事にしていることに変わりはないが、クラン・テュールのために外を撥ねつけているのもいいことではないと気づいた。

父がクラン・デセベルを悪しざまに言うが、クラン・デセベルからはどうか。確かに祖父は婚約者を奪われたものの、原因は相手だけにあったのか。祖母の気持ちを聞いてみると、祖父にも原因があったのでは、とも思うようになった。

そうなると、クラン・デセベルと険悪なつき合いを続けているのはどうかと気づいたのだ。

クラン・テュールはイェルバ山の麓、デナリの森を管理する一族だ。一番近いクランはと言うと、クラン・デセベルになる。この距離でいて、憎み合うばかりの状況では、すぐに立ち行かなくなるのはクラン・テュールの方だろう。

クラン・デセベルのようになれ、というのではない。

クラン・テュールは、もっと大きく、心を成長させるためにも、内に籠っていないで他のクランも受け入れていくべきなのだ。

自分の結婚は、王命の政略結婚とはいえ、その最初の一歩になればいいとも思った。

その相手がシルフィーネだったのは、ウォルフにとって僥倖以外の何ものでもない。

シルフィーネを欲しいと思う。その姿を誰にも見せたくないし、その声を自分だけに聞かせてほしいと思うのは、独占欲だ。

そんな欲求は領主として似つかわしくない、と思うものの、自分の心は偽れない。

シルフィーネは自分のもの。

けれど彼女は、ウォルフの想いに応えながらも、クラン・テュールのために動く。その心には誰もが見習うべき尊きものがある。

強さと気品も兼ね備え、愛らしさと優しさまで併せ持つ。

もしかして、ウォルフは素晴らしい妻を迎えたのではないだろうか。

そう思うと、クランのためというよりも自分にさらに自信がついてくる。より彼女を護ろうとする気持ちも強くなってくる。

なのに状況は、よくない方向にしか進んでいないようだ。

父がシルフィーネを憎き相手としか思わないのは、結婚を決めた時からわかっていたことだ。反対もするだろうと思っていたが、領主はウォルフだ。いくら先代の領主であっても、父であっても、領主に逆らうことは許されない。

だから独断という形でも推し進めた。それも父たち長老衆は気に入らないのだろう。彼らは先人で、敬うべきよき相談相手だが、彼らの意思を押しつけられるわけにはいかない。

シルフィーネを父たちから護らねば、と思っていたが、そこに加わったのは思いもよらない者たちだ。

まさか、シルフィーネに婚約者がいたとは、アレクシスもサラディンも言っていなかった。しかもそのひとりがアレクシス本人だとは。

ウォルフは徐々に自分の機嫌が下降するのを自覚していた。

客人に対し、シルフィーネが毅然とした態度で接しているのを見ても、彼らの会話は裏があるようで、必死に何かを隠しているようにしか聞こえない。

シルフィーネが、ウォルフの服の裾を握ったのもわかった。

しかしそれを気にする余裕などない。

いったい王は、アレクシスは、何を考えてシルフィーネをウォルフに嫁がせようと思ったのか。

ハイトランドの平穏を願う政略結婚としても、シルフィーネにとってみれば最悪な嫁ぎ先でしかないではないか。

クラン・デセベルで暮らしていた以上の生活ができる王族に嫁ぐか、愛されていると望まれてなんの問題もなく健やかに過ごせるクラン・アルフに嫁ぐか。

どちらに嫁いでも、少なくともこんなふうにやり玉にあげられることはなかったはずだ。どちらを向いても敵しかいないような、憎いクランに嫁ぐべきではなかった。

その後悔も、ウォルフの気持ちをささくれ立たせる。

居心地の悪い宴は、早々に終わった。

誰もが同じように感じていたからだろう。

しかし客人たちは、泊まっていくようだ。父たちは勝手知ったる様子で、村の好きなところに泊まるだろう。領主の家には、客人を迎えなければならなかった。

客人とは、アレクシスとスィーニだ。

アレクシスは過去に何度か来た時、身分を気にせず野宿も平気な様子だったが、今回は正式な使者として来ているから、同じようには扱えない。スィーニもその様子から、適当にはできない。

本当ならシルフィーネの昔の男など、放り出してしまえというのが本音だが、それを言えない苛立ちが全身を巡る。

ネグロたちに部屋を整えるよう言うと、すでにシルフィーネから指示を受けていた。領主夫人として立ち回っていることに喜ぶべきか、それとも昔の男たちを気遣っていると腹を立てるべきか。ウォルフの胸の奥では昏い感情が渦巻いていた。

湯殿を使ってもらい、寛（くつろ）ぐ頃にはすでに陽も落ちていた。

夕食は食堂で摂ることになった。

疲れたから、と言ってシルフィーネは自室に籠もってしまった。

客人と腹を割って話すための席でもある。男しかいない場にシルフィーネを同席させるのも嫌で、それを受け入れた。

元婚約者、つまり前の男と、今の夫が同席する場など。

シルフィーネも居心地が悪いだろう。

シルフィーネが作ってくれた料理だろう。肉が少ないものがある。

シルフィーネの体力のためにも、もっと肉を食べろと言うのに、そんなにすぐに食生活は変わらないと言っていた。それに慣れたら、野菜のうまみだけのスープもなかなか旨い。

本当なら、シルフィーネと食べたいのに、こんな状況ではまったく美味しくない。

ウォルフはつい、酒が進んでしまうのも仕方がないと思っていた。

「それで、ウォルフ殿はどうです？」

「……どう、とは？」

にこやかなスィーニは、恐ろしく顔のいい男だった。

クラン・アルフの噂を聞いたことはあったが、本当に造形の整った男である。

綺麗すぎる人間というのは少し嘘くさいものを感じるのだが、この容姿にはクランの女たちも興味を引かれるようだ。宴の間も何人かが視線を向けていたのを見た。

彼を見れば、シルフィーネがクラン・アルフの血を引いていると、認めないわけにはいかない。

妖精そのもののようなシルフィーネと、麗しい青年のスィーニ。

並べると、なんと似合いのふたりなのか。

そんなことを考えてしまう自分にも苛立ち、声をかけられても眉間の皺は取れていないだろうと思いながら聞き返した。

「シルフィーネとですよ。愛らしい顔とは裏腹に、気が強いところがありますから、手を焼いているのでは、と思いまして」

まるで自分がシルフィーネの身内のように、彼女が自分のものであるかのように話すスィーニが気に入らない。

シルフィーネをよく知っているふうであるのも腹立たしい。

ウォルフはカップの葡萄酒を飲み干して言った。

「弱々しい女ではクラン・テュールでは生きていけないからちょうどいい」

「それほどに、厳しいところなんですか、ここは？　シルフィーネは体力もあまりないから、心配だな」

今体力をつけさせているところだ。

ウォルフにつき合うには、もっと体力が必要だ。

三日三晩寝なくてもウォルフは求めることができるが、シルフィーネには無理だろう。

しかしスィーニに心配されることにまた腹が立つ。

「これといって、今のところ問題はない」

そこでふ、とアレクシスが笑ったのが聞こえた。

それまで静観していたのだが、アレクシスだって言いたいことはあるだろう。

「王子はよかったんですか」

「何がだ？」

片肘を突いて葡萄酒を少しずつ飲んでいる様子は、すっかり寛いでいる。

しかしスィーニ同様、シルフィーネと関わりがあったのなら、アレクシスも言い分があるはずだ。

「シルフィーネの振る舞いは王宮で見る貴婦人そのもの。つまりそちらに嫁ぐ予定で教育を受けさせていたのでは？」

「あれはアメリアの真似だ」

アレクシスは何を思い出したのか、クスクスと笑い出した。

「先のクラン・デセベルの領主の思いはどうあれ、確かに幼い頃から王宮に出入りしていた。歳も同じだし、私とよりもアメリアと仲良くなり、アメリアと同じように学んでいたな。結果として、一緒に淑女の会にまで出入りするようになってしまったのは申し訳ないが」

「淑女の会とは？」

「王宮の貴婦人の集まる会だ。男には聞かせられない話で盛り上がる場所らしい」

一瞬、頭を抱えるような様子を見せたことから、アレクシスでも頭の痛いところがあるのかもしれない。いつも飄々としているアレクシスにもそんなところがあると思うと今は胸が空く。

「さっきも言ったように、クラン・デセベルから正式に申し入れがあったわけではない。それにサラディンは絶対にシルフィーネを王族に嫁がせようとは思っていないだろう」

アレクシスの言葉に、嘘はないようだった。

正式に申し込まれない以上、アレクシスだって答えようがないのは確かだ。シルフィーネがどう思っていたのかは置いておいても、ふたりの関係は婚約者同士というにはほど遠いもののようだ。

それは納得できても、納得できない方が残っている。

「アレクシス様はシルフィーネの愛らしさを欲しいと願われないのですか？」

「私には必要ないな」

「あの姿を見て求められないとは、王族とは基準が高いですね」

スィーニの言葉を聞くと、ウォルフの心が激しく波立ってくる。

カップが空になったのを機に、ウォルフは部屋の端に置いてある酒樽を取った。

クラン・テュールで作っている蒸留酒だ。葡萄酒を飲み慣れている者からすると、かなり強い酒である。

飲まずにはいられないとウォルフは自分に注ぎ、ふたりにも勧めた。

「どうですか」

「いただこう」

「私は、あまり酒を好まないので」

望んだのはアレクシスだけだ。

彼は以前にもこの酒を飲んだことがあり、その時も気に入っていた。ウォルフ同様、酒に強いのだろう。

スィーニはその外見からの想像通り、優男そのものだ。食事だって木皿に大盛で乗せられたものなど食べられないのかもしれない。先ほどから何も手をつけていない。

気取った男だ。

ウォルフは心内で吐き捨てたものの、彼の声に耳を傾けずにはいられない。何しろ、シルフィーネのことなのだ。

「シルフィーネはアメリア様とご一緒していい教育を受けたようですね。昔のおてんばだった頃が今では考えられないくらいで。ご存知ですか、シルフィーネは昔ひとりでどこにでも潜り込むことが多くて、荷馬車から出られなくなったことがあったんです。誘拐されたのかと皆心配していたのに、結局荷馬車の中で寝ていたという」

寝ていたのではなく、泣き疲れたのだ。

今でも暗闇を怖がるほどなのに、笑い話になどできるはずがない。

「サラディンの後ろをよくついて回って、馬にも乗るし木にまで登ろうとする。落ちてあの綺麗な顔を傷つけやしないかと、誰もが心配していたものです」

シルフィーネが綺麗なのは、顔だけではない。

「あ、知っていますか？　昔シルフィーネは……」

じりじりと近づいてくるスィーニに触れられそうになった瞬間、ウォルフはカップをどん、とテーブルに置いた。

「どうしたんですか、ウォルフ殿？」

「君には酒が必要なようだ。遠慮せず飲むといい」

じろりと睨みつけると、スィーニはカップとウォルフの顔を交互に見て、躊躇っていた。

「ほら、遠慮するな。我がクラン自慢の蒸留酒だ」

「ええ……ならば、少し。でもびっくりして倒れるかもしれないので、隣に座っても？」

「…………構わないが」

「では、飲みながら話しましょう。シルフィーネの話はまだまだありますので」

「…………」

旨い酒を飲みながら、これほどまずいと思ったのは初めてだった。

しかも静観を決め込み、アレクシスはにやにやと笑っているだけだ。

「クラン・アルフは、本当にシルフィーネが来てくれることを楽しみに待っていたんですよ……」

度数の高い酒を飲んでも、スィーニの話は終わらなかった。

自分の知らないシルフィーネの話を聞くなんて、この場で剣を抜かない自分を褒めてやりたいくらいだ。

勢いのままカップを空にし続け、ウォルフは隣のスィーニに一晩中耐えることになった。

いったいどうして、俺がこんな目に遭わなければならないんだ？

誰に文句を言ったらいいのか。

いっそのこと、この男を斬って捨ててしまえばすっきりするだろうに。

いつもなら樽ひとつを開けても平気でいられるのに、今日ばかりはウォルフは悪酔いしてしまった。

七章　夫婦の仲直りの仕方

気持ちが落ち着かないまま、夜が明けた。

歓迎しない客人を迎えた宴は、シルフィーネにとってひとつの楽しさもなかった。

早々に終わったことが幸いだったが、客人を自分の家に泊めなければならないことが一番嫌だった。

本当に嫌だった。

相手を全部ウォルフに押しつけ、シルフィーネは早々に自分の部屋へ逃げ込んだ。

心配して追いかけてきてくれたのはエルマだけだ。

シルフィーネの気持ちを理解してくれる彼女だからこそ、労わってくれる。

「シルフィーネ様、あの悪魔がまた……」

「……そうなの。どうでもいいとは思うけど、放置はできないわ……いっそアレクシス様を与えてしまおうかしら」

「それは、さすがに」

いい手だ、とシルフィーネは思ったが、あれでもアレクシスは王子だ。エルマも苦笑していた。

ウォルフが相手してくれるはずだ。

今日ばかりはもう放置して、寝てしまいたい。

そう思っていたら、本当に眠っていたようだ。

目を覚ますと朝になっていて、シルフィーネの小さな寝台に大きな夫が転がっていた。

シルフィーネを抱きかかえる形で、よく眠っている。

いったいいつの間に入ってきたのか。

「……ウォルフ」

小さく呼んでも反応がなかった。

いつもの朝は、夜の睦み合いで疲れ切ったシルフィーネが起きる前にウォルフは目を覚まし、朝の仕事に出かけている。

こんなふうに朝の光の中で寝顔を見るのは初めてだった。

しかし、ここはシルフィーネの部屋で、シルフィーネの寝台だ。

ウォルフが一緒にいることを許したつもりはない。

「ウォルフ！　起きてくださいませ！」

シルフィーネの身体にしっかりと彼の腕が回っているおかげで、ひとりでは身動きできない状態だ。抜け出そうと身体を動かすのに、眠っているはずのウォルフの腕は頑丈でまったく動かない。

「ウォルフ！」

ぺちぺち、と頬を遠慮なく叩いてみる。

「……む」

眉根を寄せて眉間に大きな皺を作ったウォルフは、気がついたようだが少し目を開けただけでさらにシルフィーネを強く抱きしめた。

「ウォル……」

「お前は、スィーニとかいう男と仲がいいんだな……子供の頃の話を、ずいぶん教えられた」

寝起きもあって、掠れた低い声がシルフィーネの耳に届く。

それは少し恨めしさが込められた声だったけれど、シルフィーネにとって肝心なのはそこではない。

「――なんですって?!」

「……っ」

至近距離で、遠慮なく大声を上げたのだ。まだ半分寝ていたようなウォルフはびくりと身体を震わせ、シルフィーネを抱いていた腕を緩めた。

その隙にシルフィーネは起き上がり、転がったウォルフを睨みつける。

「貴方はもしかして、そんなこと聞かされて信じたんではないでしょうね！　スィーニは三回死んでも神に召されることのないように私が呪った相手ですのよ！」

「……なんだって？」

頭痛がするのか、褐色の肌でも幾分青ざめた顔を押さえながら身体を起こしたウォルフに、顔も見たくないほど腹が立って背を向けた。

「そんなことを信じてしまうなんて、貴方は大ばかものですわ！　一度はそうじゃないと思い改めてあげましたけれど、やっぱり大ばかものです！」

「……待て、あまり大きな声を出すな。どういう意味だ」

「二日酔いですの？　いい気味ですわ！」

「いつもはどれだけ飲んでもそんなものにはならない……昨夜はスィーニ殿がいろいろと」

「――まさかふたりでずっと一緒に飲んでいらしたの?!」

二日酔いでひどい顔色のウォルフも、シルフィーネを侮辱するならいい気味だと思ったが、彼がスィーニとふたりきりになったと思うと心がざわつく。

どこか変わったところはないだろうか、と振り返ってその全身を確かめてみた。

「いや、王子も一緒だったが……どのくらい飲んだのかは覚えていない。あちらも今日は寝込んでいるだろう」

「アレクシス様が……ならいいですわ」

蒸留酒をしこたま飲ませた、と言うウォルフに、スィーニが二日酔いで苦しむ姿を想像して胸が空いた。だが反対に、ウォルフがさらに険悪な顔になっている。

「どうして王子が一緒だといいんだ？」

「え？」

「お前は、どうして王子と結婚しなかったんだ？　そのように、クラン・デセベルでも望まれていたはずだ。王子は放蕩者という一面があるが、とても頭のいい、ハイトランドのことをいつも考えておられる尊敬できる方だ」

「――そのアレクシス様たちが、私たちに結婚しろとおっしゃったんですのよ？」

「――それもそうだが、しかしお前が」

いったいウォルフは何が言いたいのか。まさかアレクシスに嫉妬でもしているのかと思うくらいしつこい。

「アレクシス様と結婚なんて、一度も考えたことはございませんわ。笑いながら人を突き放せる人ですのよ。あとふらふらしていて落ち着かない方ですし、ハイトランドで一番結婚に向いてないのがアレクシス様ですもの」

あの笑みだけを見ると人当たりのよい印象を受けるが、それは完全な見せかけだ。

人がいいだけでは王子の立場は守れないだろうし、王子だからこそいろんな仮面が必要なのだろう。けれど、人をからかったり面白がるところは持って生まれた性格に違いない。

そんな人と結婚すれば、一生落ち着かず、不安定な人生を送ることになる。

「……そうなのか？」

「そうですわ。淑女の会でも一番の不人気はアレクシス様ですのよ」

遊ぶにはちょうどいい、と望むご婦人方がいたのは黙っておいた方がいいだろう。

シルフィーネはそんな対象にすらしたことがないのだから。

ウォルフは頭痛のせいか、激しく顔を顰めた。

「その……淑女の会、とは……」

「あら、男性は入れませんの。女性にとって必要なあれこれを教えてくださる大事な集まりですもの」

「…………そうか」

何故か諦めたように呟くウォルフが気になったが、彼は思考を切り替えたようだ。

「スィーニ殿は、お前を追いかけてここまで来たようだが」

「だからなんですの？　こんなところまで来るなんて、面倒な人だわ」

シルフィーネは、スィーニの言葉を信じたウォルフに腹を立てたことを思い出し、また背を向けた。

「シルフィーネ」

「嫌い」

「え？」

「嫌いです。大っ嫌いですの！　スィーニなんて、クラン・アルフなんて滅べばいいんですわ！」

「シルフィーネ……」

我慢していた感情が溢れたようで、シルフィーネの視界が滲んだ。夜着の裾をぎゅうっと握り締めると、後ろから長い腕が伸びてシルフィーネを囲ってしまう。

「シルフィーネ、教えてくれ。何があった？　俺は、何を知らない？」

「……スィーニは、嘘つきですの」

「なんの嘘をついた」

「お母様が一族に愛されていたなんて……」

もういない母だが、まだ思うと気持ちが溢れてくる。

クラン・アルフ出身の母だが、その外見は同族の者とはまったく違っていた。

小柄で愛らしいことは確かだが、薄茶色の髪に薄茶の瞳。それに丸い鼻がクラン・アルフらしくないと子供の頃から言われ続けてきたらしい。

家族からものけ者にされて、母はいつか外に出て幸せを見つけたい、と望むようになった。

そうして出会ったのが、クラン・デセベルの領主だった父だ。

父は母に出会うとひと目で恋に落ちた、と教えてくれた。外見に自信のない母を口説き落とすのは大変だった、とも笑いながら教えてくれた。母は父に出会って、本当に幸せだったと言っていた。

ふたりの子供に恵まれて、その子供たちが妖精のように美しいとすぐに評判になった。特にシルフィーネの容姿はクラン・アルフにも届いてしまい、彼らはシルフィーネを欲した。

その美しさは、クラン・アルフにあるべきだと主張し、幼い頃から引き渡すように言ってきたのだ。

それをずっと断ってきたのは父で、あまりにしつこく、いつか力ずくで奪われるのでは、と危惧していたようだ。

そんな状況を、シルフィーネだけがわかっていなかった。

両親から、クラン中から愛されているのはわかっていたし、やりたいことは思うようにさせてくれた。兄と変わらず、のびのびと育ててもらえた。

そこで起こったのが、シルフィーネが荷馬車に閉じ込められた事件だ。

あの時は、本当に誘拐されたのかと、特に母は半狂乱になっていたし、父もピリピリして落ち着かなかった。しばらくシルフィーネは家から出してもらえず、どこに行くにも数人の供がいた。

そして父は、王宮の安全な場所にシルフィーネを逃がすことを思いついたのだ。

王宮なら、クラン・アルフも手を出してこられない。そしてシルフィーネの相手に王子をと望んでしまえば、ただのクランなど相手にもならないはずだからだ。

スィーニはその頃から、シルフィーネの相手としてクラン・アルフから送り込まれてきた者だった。サラディンより年上だったと思うが、何度も会ううちにスィーニの本性を理解した。

今ではシルフィーネは自分でスィーニを撥ねつけることができる。その力をつけさせてくれた王宮には、そして一緒にいろいろと学ばせてくれたアメリアにも感謝している。

今では、父の願いはそこにあったのではと思うようになった。

アレクシスと結婚させたいだなんて、本気で考えていたと思えない。本気なら、シルフィーネが成人した時に正式に申し込んだはずだからだ。シルフィーネが安全になるようにと、ずっと思ってくれていた父は、やはり素晴らしい人だった。

思わぬ事故で旅立ってしまったが、両親を想うとまだ悲しい。幸いなのは、ふたりともが一緒に天に召されたことだ。あれほど愛し合ったふたりで、どちらかが残されたならば、祖父母のように残された方は後を追いかけていったのではないだろうか。

それに父がクラン・テュールと反発していたのは、父が領主となった幼い時分に祖母の親戚でもあるクラン・テュールに助けを求めたが、梨のつぶてだったからだという。

助けてくれたのは、王族だった。

父は感謝し、より王に忠誠を誓うようになった。シルフィーネが王宮に出入りするようになったのも、そのことがあったからのはずだ。

「……そうか」

感情が先走って子供が話すような説明だったかもしれないが、自分のこともクランのこともすべて話してしまうと、黙って聞いていたウォルフが最後にぽつりと言った。

「……スィーニは昔からいじわるばかりでしたの。それに性根が……悪くて、とにかく嫌いです」

「……すまなかった」

「なんの謝罪ですの？」

叱られた子供のように謝るウォルフが、どう思っているのか、なんのために謝るのかがわからず、不安もあって身体を強張らせた。

その身体を、ウォルフは強く抱きしめる。

「そんな男との仲を疑ったことだ。お前は俺の妻なのに、信じなかった」

「……そうですわ」

シルフィーネはその腕にしがみつくようにしながら、身体を預けた。

「ひどいですわ、ウォルフ。反省してくださいませ。貴方の妻は、怒っています」

「ああ、悪かった」

ウォルフは耳に囁き、そのまま唇で頬から首筋に触れゆっくりとシルフィーネを寝台に倒す。

「……ウォルフ？」

「なんだ？」

ウォルフの手は後ろからだが慣れたようにシルフィーネの身体を撫で始める。特にお気に入りの胸は強弱をつけて丹念に撫でる。

「朝ですのよ」

「そうだな」

「二日酔いではなかったんですの？」

「お前と一緒にいると治るようだ」

「私は怒っていたんですのよ！」

「そうだな。喧嘩をしたなら、仲直りが必要だろう」

「仲直りは――――！」

言いかけたシルフィーネの声を、ウォルフの唇が奪った。

唇に彼の舌を感じるだけで、シルフィーネは開いて受け入れてしまう。執拗に口腔を舐められて、酒の味がする舌に眉根を寄せながらも、絡めることを止められない。

くちゅ、と舌が音を立てて離れると、いつの間にか覆いかぶさったウォルフが唇が触れる距離で囁いた。

「夫婦の仲直りは、身体でと決まっている」

「そんな決まりはクラン・デセベルには――」

「お前はもうクラン・テュールの女だ。俺の妻なのだから」

「あ……っん！」

薄い夜着はウォルフの前にはないにも等しい扱いだった。

ウォルフはゆっくりとしているようで、慣れた手つきであっという間にシルフィーネを翻弄し、熱を溢れさせてしまう。

「あ、あ……っ」

「朝だし、客人もいる。声を抑えた方がいいかもな」

「……っ！」

誰のせいで、とシルフィーネは睨みつけたくなった。

シルフィーネを乱しながら、楽しそうなウォルフが憎い。こうなった責任は、ウォルフが取るべきだと、シルフィーネは手を広げた。

「……なら、塞いでくださいませ」

「………っ」

何かを我慢するような、焦りを感じたウォルフの顔が覗き込んできて、シルフィーネは声を奪われた。

苦しいほどの口づけだったが、ウォルフの気持ちを乱しているとわかったから、とても満足していた。

ようやく寝台から離れた時には昼を回っていた。

放置していた客人たちは他の者が相手をしてくれているようだった。

早く帰ってしまえばいいのに。

遅い朝食を摂りながら、シルフィーネはそう思ったが、ウォルフも同じように思っているのも確かなようだった。

「あのふたりは他の者にこのまま任せておいていいだろう。父たちもいるし……この際祖母に会いにいくか」

「——森にひとりでお住まいになっているお祖母様に？」

そんな提案を、受け入れないはずがない。

シルフィーネはエルマたちに後を任せ、ウォルフと本当にふたりきりで森の中へと出かけた。

森の中は静かなようで、とても騒がしい。

「今は春だからな。もうすぐ花は咲き始め、木々は緑に染まる。こちらとは反対に進んだ方向に、大きな池がある。夏になれば泳げるほどの池だ。森の緑が映えて、とても美しい色になる。お前の瞳の色と同じだな」

「……そ、そ、そうですのっ」

道中に、そんなことを言われてシルフィーネははっきりと動揺してしまった。

ウォルフの言葉は突然だ。

余計な形容詞もなく、過剰な演出もなく、ただ、素直な気持ちを口に出す。

だからこそ、それが真実だとわかってしまい、シルフィーネは狼狽えるのだ。

この容姿のことは、誰よりわかっている。ただ顔の皮一枚のことなのに、と思うのは、容姿がシルフィーネのすべてではないからだ。

気が強いとか、おてんばだと呆れられ、綺麗なのだからもっとお淑やかに、と言われても、それがシルフィーネの本当の姿なのだ。

王宮で容姿を褒められることなど日常茶飯事で、特に貴族たちからの美辞麗句には裏が透けて見えて近づくのも嫌だった。

なのに、ウォルフが綺麗だと言えば、本当に綺麗なのだとわかって、込み上げる気持ちを抑えられず、動揺してしまう。

嬉しい、と思ってもいいのかしら。

シルフィーネはもしやこれは計算なのかしら、とウォルフを見上げるが、その表情に裏など見えはしない。

生真面目で、傲慢にも見えるくらい自分の意思を貫くくせに、シルフィーネの気持ちを理解しようと心を砕く。

そういえば、素直に謝って素直に聞いてきた人は、初めてだわ。

シルフィーネとアレクシスやスィーニの関係を誤解する者は多い。いくらシルフィーネが反論しても、飾った言葉ではどこまで通じたのかわかるものではない。

飾らず、率直なのは王公貴族ではないからかもしれないが、領主にしてその素直なところはすごいと思う。

他にどんなところが、あるのかしら。

シルフィーネは、もっと知りたくなった。

ウォルフのすべてを、知りたくなった。そしてそのすべては、自分のものだと決めた。

「あれが祖母の家だ。ああ、ちょうど外にいるな。ルース！」

大きく声を上げてウォルフが呼びかけると、こぢんまりとしている小屋の前で何か作業をしていた年配の女性が顔を上げた。そして遠目にもわかるほど、にっこりと笑った。

「私はね、あまり大勢で暮らすのは好きではないの。だからこんなところで暮らすのを許してもらってるのよ」

ウォルフの祖母であり、先々代の領主の妻だったルース・テュールは快くシルフィーネを迎え入れた。

甘いにおいのするハーブティに、焼き上げたばかりの菓子。とても温かなもてなしを受けて、シルフィーネの方が恐縮した。

「いいえ。こちらこそ、ご挨拶が遅れてしまい、申し訳ございません。ウォルフの妻となった、シルフィーネ・ジエナ・テュールです」

「堅苦しいことはルースは好まない。むしろ、好きではない相手は家にも入れないから気にしないでいい。人を見る目のある祖母だからな」

「まぁ……」

「だからひとりでこんなところで暮らしているのよ。ウォルフのお嫁さんがとても愛らしい子で嬉しいわ」

気遣いがないようで、祖母を大事にしているのがわかるウォルフに、ルースも同じ想いを孫に抱いているのだろう。ウォルフより小柄だが、とても潑溂としていて孫がいるようにも見えないくらい元気だ。

受け入れてもらって嬉しいが、シルフィーネには気になることがあった。

「私、クラン・デセベルの娘なんですの」

ルースは、クラン・デセベルとクラン・テュールが争うことになった原因の、当事者の妻だ。

もしかしたら、シルフィーネの出自に思うところがあるかもしれないと不安を覚えたのだが、ルースは丸い目を一度瞬かせただけで、にっこりと笑った。

その笑みは、ウォルフに似ていた。

「知ってますよ、もちろん。こんな端っこにいても、情報くらいありますからね」

「ルースは昔からなんでも知っている。もともと旅芸人のひとりで、クラン・テュールに来た時、祖父と結婚したらしい」

「あの時は、父が怪我をしてしまって大変お世話になって……そのお礼に、と差し出されたのよ。あの頃は、そんな結婚も普通にあったわね」

自分のことなのに、なんでもないことのように言うルースは、本当に強い人なのだろう。

「望んだ結婚ではなかったと？」

「そうね、結婚相手を自分で見つけようとも思っていなかったから、正直なところ誰でも一緒だと思ったのだけど……」

ルースは菓子を頬張るウォルフを見て、面白そうに笑った。

「ずいぶん頑固な人に嫁いだものね……貴方のお祖父さんは、本当に一筋縄ではいかない頑固者。どれだけ頑固だったのかは、貴方たちも知っているでしょう？」

聞かれて、シルフィーネは首を傾げるけれど、ウォルフは知っているのか顔を顰めている。

　懐かしい思い出を話すように、ルースは言った。

「クラン・デセベルの領主様。昔の領主様ね、彼に約束をしていた人を取られたって言うけれど、一度も好きだなんて口にしたことはないし、行動で示したことだってないの。彼女が自分のものになって当然、なんて態度でいたのね。それで彼女は、自分を心底想ってくれる人に走った。自分の幸せのためにね」

　確かに、祖父母は想い合っていたらしい。

　片割れがいなくなると、後を追うほど。

「でもね、同じくらいあの人も彼女を好きだったみたいで……でも最後まで言えなかった。もう勢いとやけで彼女を裏切り者と言ってみたり、クラン全体で反抗してみたり。自分がもっと素直になれば、なんて考えるのも嫌で、クラン・デセベル憎しで通してしまったものだから、本当に頑固だったのよ」

　笑って言うことだろうか。

　シルフィーネがびっくりしているのに、ルースはとても楽しそうだ。

　だめな人、と言いながらも笑って思い出すのは、彼女が強いからだろうか。頑固な人を、見守ってきたからだろうか。

「結局、一度も愛を囁く人ではなかったし、自分の感情をクラン全体に押しつけてしまった困った人だもの」

困ってるでしょう、と言われてシルフィーネに何が言えよう。

ウォルフはこんな会話に慣れているのか、肩を竦めるだけだ。

「頑固な人の子供はとっても頑固で、ベナードも本当に思い込んだら一直線で、困った子だし。こんな頑固者の集まりに嫁いでしまって、大変じゃないかしら？」

「いえ……私は」

大変だと予想していたけれど、それほど大変ではない。

苦労するだろうと思っていたけれど、クラン・テュールでの生活を、苦労だと感じない。

ウォルフの隣にいるのが当然になり、そのために必要なことがあるならば、挑み続けるだろう。

クラン・デセベルとクラン・テュールを繋ぐのではなく、シルフィーネはいたいからここにいる。

自分の気持ちに今気づいたようで、とても不思議な気分だった。

「でもこれからは、貴方たちに任せれば安心ね」

ルースは笑うと、目じりに皺が寄る。

それが年齢を感じさせるものだけれど、とても綺麗だとシルフィーネは思った。

「ウォルフ、シルフィーネを大事にするのよ。シルフィーネ、ウォルフを護ってちょうだいね」

「……はい」

自然と、頷くことができた。

もっと話していたい、と思ったけれど、遅くなってしまうから、とルースの家を後にするまで、とても和やかな時間を過ごした。

また来たい、とシルフィーネは心から望んだ。

*

祖母に会ったのは、正解だったようだ。

帰路のシルフィーネはどこか浮かれ気味で、いつも以上に背中に羽が生えているように見える。

「お客様を放っておいてしまったわね……ちゃんと皆に謝って、お相手をしなければ」

「そうだな」

逃げるようにアレクシスたちを置いていったが、後悔はない。

シルフィーネが元気だからだ。

父や、アレクシスやスィーニに会って、シルフィーネは本当に参っていたのだろう。

気丈にしていたって、心が病まないわけではない。

シルフィーネの想いを知らず、勝手にスィーニたちとの仲を疑ったことが恥ずかしい。

彼女の気持ちは簡単ではなく、とても大事なものなのだ。

スィーニのあの外見に皆騙される、とシルフィーネが言っていたが、それなら彼女の心労もよくわかる。

見た目だけは、並ぶと似合いのふたりなのだ。

そのせいで、嫉妬をシルフィーネにぶつけてしまった。

嫉妬だ。

シルフィーネの隣にアレクシスとスィーニとウォルフが並んで、相応しいのは誰かと聞けば、一番に落とされるのがウォルフだろう。

自分の荒々しい姿は、デナリの森で生きるには必要だと思っているが、シルフィーネの隣には似つかわしくない。

どこかで、そう思っていたのかもしれない。自分に卑下するところがあるなど、今の今まで知らなかったことがおかしい。

「どうして笑っていますの？」

気づいたシルフィーネが隣から見上げてくる。

なんでもない、と言いかけて、村の近くになったところで集まっている者たちを見つけた。

父たち長老衆と、側近たちだ。

「ウォルフ?」

「先に家に戻っていてくれ。少し話をしてくる」

「ええ……いいですけど」

険しい顔になっているのだろう。

しかし、シルフィーネのために、クランのためになんとかしなければならない問題だ。

シルフィーネに背を向けて父たちの方に向かっていくと、ウォルフに気づいたのか向こうも厳しい顔をしていた。

「何かあったのか?」

「何か、ではない」

答えたのは父だ。

表情から言いたいこととも想像できるが、あえて聞いた。

「なんですか、父上」

「あの女のことだ。いつまでここに置いておくつもりだ?」

「いつまで、とはどういう意味です。シルフィーネは俺の妻だ。俺の側以外に行くところなどない」

「王族からの命など、勝手すぎる! クランのことはクランで決めねばならん。あんな他にも男を咥え込んでいるような女が、クラン・テュールに相応しいはずがない! 王命を退けられないというのなら、妾にするのでもいい。クラン・デセベルの女などに、うちのクランででかい顔をされては名が廃る。予定通り、オサの娘であるコーラと結婚するべきだ」

父は本気でそう思っているのだろう。

シルフィーネを娼婦のように見て、クラン・デセベルの者として見下す。

決してシルフィーネ自身を見てのことではない。自分が正しいと思っているからこその自信ある言葉なのだろう。そしてそれに、ウォルフが従うと思っている。

しかもコーラと結婚などと、あり得ない。シルフィーネを傷つけようとした女など、考えるまでもない。

ウォルフは他の者も見渡した。

「皆、同じ意見か？」

父の後ろの長老衆は同じように頷いたが、ウォルフの側近たちは曖昧だった。はっきり困った顔をしている者もいる。

シルフィーネと一度でも話せば、彼女が父の言うような女ではないとわかっているからだ。

「スィーニ殿も言っていたぞ。あの女は婚約者がいるというのに王宮でも大勢の男を惑わせ楽しんでいたというではないか。所詮裏切り者のクラン・デセベルの女だ」

「父上」

よりにもよって、あの男の言葉を信じるとは。

いや、昨日は自分も同じように疑ってしまったのだ。しかしシルフィーネをよく知れば、そんなはずはないとわかるはずだ。嫉妬で頭がおかしくなっていたのだろう。

自分の知らないシルフィーネを知る者が憎い。

そして、スィーニの言葉を信じている父にも激しい感情を覚える。

これまでは、クラン・デセベル憎しを信じてしまっているから、と受け止めてきたが、シルフィーネが関わっている以上、勝手なことを言わせておくわけにはいかない。

低い声で父を遮ると、驚いた顔をしていた。

「それ以上言うと、いくら父上でも許しません。いい加減、状況を見てください。いつまでも手前勝手な感情に振り回されているから、クラン・テュールはその程度だとクラン・デセベルに思われるんです」

「な――」

言い返されると思っていなかったのか、父の顔が真っ赤になった。

怒りに震え、拳を強く握り締めている。しかしウォルフも引くわけにはいかない。

「なんて言い草だ！　もしやお前はすでにあの女に惑わされていいように操られているな?!クラン・テュールの領主ともあろう者がなんと情けない！」

「情けないのはこちらです。クラン・テュールは大事ですが、ハイトランドのクランとして、いつまでも小さくまとまっているわけにはいかない。相手がクラン・デセベルだろうと、必要であれば手を組むべきなんです」

「お、お前は、まさかそこまで――！　なんてことだ！　あの女の本性を知らないのか！」

「本性なんて――」

「兄上！　俺は見たんだ！」

側近たちの間から出てきたのはハバリだ。

「何を見たと言うんだ？」

「あの女が外に出ようとしているところをだ！　あの女は、蜜月の最中に、兄上を裏切ろうと外に出ようとしていた。俺が阻まなければ兄上を裏切っていたはずだ」

何を、と顔を顰めてハバリの言いたいことを思い出す。

シルフィーネが蜜月の最中の三日間、勝手にうろうろしていたのをウォルフもちゃんと覚えていた。

寝台で大人しくせずに、あろうことか大事なマントを洗ってしまったのだ。

その時、初めてシルフィーネが、妖精のような女だけではなく、ちゃんと意思を持った女性だと認識した。ウォルフの大事なものを、ウォルフよりも大事にしてくれる。

そして兄のサラディンから、クラン・デセベルの習慣も聞いて知っている。

ウォルフはため息を吐きたくなった。

「ハバリ、シルフィーネは知らなかったんだ。クランが違えば習いも違う。実際クラン・デセベルでは結婚した翌日から領主夫人が奥事を采配する。シルフィーネが外に出ようとしてもおかしな話ではない」

「クラン・テュールに嫁ぎながらクラン・デセベルのつもりでいるとは！　弁（わきま）えぬ女だ」

「ハバリ」

これはよくない状況なのだろう。

領主の父と弟が主になり、領主の妻を批判する。

部下たちは、クランはどちらにつくべきなのか迷っている。ウォルフが自分の立場をはっきりさせないかぎり、クラン・テュールは存続の危機に陥る。

ウォルフは弟を呼びながら、全員を睨んだ。

父も、年配の長老衆もすべてだ。

「クラン・デセベルの女とシルフィーネを蔑みながら、クラン・テュールに嫁いだ女としても見下す。いったい彼女はどちらの女だというんだ？　長く森の中だけで暮らしているおかげで、ハイトランドの国もその中にあるクラン・テュールもまったく見えていない愚か者ばかり。そんな者の意見など聞き入れることはできない。思い込みだけで他者を罵り判断するなど知性も衰えている証拠。長老衆は一線を退いたのなら大人しく相談役に徹しているがよかろう」

「兄上――」

「ハバリ、お前が言うあの女とは誰のことだ？　いったい誰の女に対してそんな口を利いている。シルフィーネは俺の妻。領主の女だ。自分の女を侮辱されて黙って受け入れる者など、それこそクラン・テュールには必要ない臆病者だ。それでも言いたいのなら前に出ろ。お前こそ立場を弁えさせてやる」

父も長老衆も弟も、同じように顔を青ざめさせていたが、謝るつもりも言い直すつもりもない。

ウォルフはこのクランの領主。ウォルフがクラン・テュールなのだ。

全員を睨み、腰の剣に手をそえる。

「これでもまだ俺に従えないというのなら、その意を示すがいい。一番力のある者がクラン・テュールだ」

シルフィーネは、聞いてしまってからさらに動けなくなった。

はしたなく、盗み聞きをするつもりではなかった。

側近たちの方に向かうウォルフを見送ったけれど、今日の夜は客人をどこでもてなすべきか、聞いておこうと後を追いかけたのだ。

すぐに捕まえて用件だけ聞くつもりだったのに、思ったよりウォルフの足は速く、彼らと話し始めるのも早かった。

長老衆たちが、険しい顔で言っているのは自分のことだとシルフィーネは知っている。よく思われていないなんて、最初からだし予定通りでもある。

憎み合うクランに来て、快く受け入れられるなんて最初から思ってはいない。

ゆっくり、時間をかけてクラン・テュールとクラン・デセベルとの懸け橋になるつもりだった。

侮辱されて大人しくしているつもりはないが、ただの言葉だけなら勝手に言わせておくつもりだった。そのうちに、そんな人たちの方が少数になるよう頑張るつもりだったからだ。

今日、ルースに出会えたことでその気持ちはますます強くなった。

けれど、ウォルフは違う。

自分の妻、自分の女としてシルフィーネを護ってくれる。

ああ、彼は、私をどうするつもりなの？

シルフィーネの心は落ちた。

もっと前から落ちていたのかもしれない。でも今はっきりと、彼に心を奪われていると、自覚したのだ。

こんなにも誰かに強く想われる女が、他にいるだろうか。

あまりに激しい想いに、身体が震えるほどだった。

自覚すると恥ずかしくなってきて、逃げ出したくなる。しかし今少しでも動くと、彼らに盗み聞きをしていたのが知られるかもしれない。

どうしよう、と困惑して立ち尽くしていると、突然後ろから口を塞がれた。

「――――っ！」

次いで、身体も拘束される。

驚き、息を呑んでいるうちに音もなく抱えられて移動させられてしまった。

「君の夫はなかなかどうして、面白い男だね」

森の中を、人を抱えて進む速さに驚いているとウォルフたちから充分離れたところで笑いを含んだ声が聞こえた。

スィーニ!!

シルフィーネは相手がわかると逃れようと手足をばたつかせた。

「大人しくしてて。抗ったところで、君には無理だ」

「――――っ」

だからと言って、大人しくしているつもりなどない。

あまりに静かに、すごい速さで森を走ることに、スィーニはクラン・アルフの者なのだと実感する。

妖精のようだ、と言われる彼らだが、実際のところ険しい谷で暮らす彼らは気配を殺すことと身体能力の高さを誇っている。

人をひとり、こっそりと連れ出すのも簡単なことだろう。隠れるように森にひっそりと立っていればなおのことだ。

しまった、とシルフィーネは自分を悔いた。

こういうことがないようにと、父は常にシルフィーネに人をつけていたのに。しかしウォルフと結婚したことで、クラン・アルフももう興味はないだろうと楽観してもいた。

いったい、シルフィーネを連れ出してなんの意味があるのか。

「んんっ！　ん――――！」

「もうすぐ、離してあげるから大人しく……ほら、馬が見える」

シルフィーネにも見えた。

森の途中で、馬が繋がれている。

おそらくクラン・テュールに来た時から計画していたのだろう。そしてシルフィーネの隙を見つけるまで、じっとしていたのだ。

その隙を作ってしまった自分が情けない。

「んはぁっ、何をするんですの！」

馬の元まで来て、騒いでも大丈夫と判断したのかスィーニは口を解放した。次いで地面に下ろし、素早く縄でシルフィーネの腕を縛る。

「解きなさい！」

「黙ってと言ったのに。私だって好きで女を縛りたいわけではないよ」

「では解けばいいでしょう、変態！」

「失礼な女だなぁ、相変わらず」

スィーニは笑いながら腕を縛り、その先を自分で掴みながらシルフィーネを抱き上げ馬の背に座らせた。

「しばらくそこで大人しくしているんだ。森を抜けたら一気に走るから」

「素直に私が聞くと思っていて？　だいたい、どうして私をつけ狙うの。もう私は結婚してウォルフの妻になったのよ」

「それだよ」

馬を歩かせ、隣を歩くスィーニはシルフィーネの言葉に頷いた。

頷かれても、シルフィーネの方がわからない。

「君が嫁いだのが、クラン・テュールだったからさ。他のクランかアレクシス様ならともかく、クラン・デセベルとの敵対関係は誰もが知るところだ。だから嫌々ながら嫁がされた君を、クラン・アルフが救った、という形が成り立つわけだ」

「――な、なんてことを……」

「誰よりもクラン・アルフの美貌を持つ女が、他のクランにいるなどおかしいだろう？　君は最初からクラン・アルフに来るべきだった。まったく余計な手間ばかりかけて……まぁ他のクランの者を見られたのだから、なかなか楽しい仕事だったよ」

「なんてことを……クラン・アルフは、愚か者しかいないのね！」

浅はかといえば、浅はかな行動だった。

そんな大義名分が本当に通ると思っているのなら、クラン・デセベルもクラン・テュールも馬鹿にしすぎている。

しかし、だからこそそのシルフィーネの身柄なのだろう。

本人がクラン・アルフにいれば、誰もが疑うような言い分が通ってしまう。

シルフィーネは焦った。

こんなことで、ウォルフに迷惑をかけたくないし、せっかく繋がり始めたクラン・デセベルとクラン・テュールの仲を振り出し以上に裂きたくない。

何より、ウォルフ以外の男に嫁ぐなど、シルフィーネが嫌だった。

どうすれば、と辺りを見回しても、誰もいない森があるだけだ。

馬の上で腕を縛られ捕まえられていては、簡単には動けない。

「……貴方、どうしてこんなことを？　私なんて興味ないでしょう」

「君に興味なんてないよ。君の周りにはいつもいい男がたくさんで憎らしいとは思っていたけどね。君を連れてくれれば、私の好きにしていいと、他のクランに行っても構わないとお許しをいただいたんだ」

「――――！」

シルフィーネは目の前が真っ暗になった気がした。

それでは、スィーニから逃れる隙が見つけられない。

彼は自分の想いを遂げるために、絶対にシルフィーネを離さないだろう。どこかつけ入る隙が、と思ったけれど、体力的にはスィーニに勝るものが何ひとつない。

情けない、とシルフィーネはまた自分を罵った。

それでも泣いて自分の身を儚んでいる場合でもない。何かないか、辺りを見回すと進行方向に視界が開けてきた。

「……湖？」

開けた場所には、水があった。

そこで、ウォルフが言っていた池のことを思い出す。ここはその場所だ、と理解したものの、彼の話していた感じでは貯水池くらいの想像しかしていなかった。しかし目の前に広がるのは、対岸がかなり向こうにある細長い湖のようにしか見えない。

「ここを抜けると早いから」

この馬に、ふたりで乗るのは無理がある。だがシルフィーネは小さいし、スィーニは身軽だ。それに人の歩みに合わせるよりは、早いだろう。

そうなったらウォルフがシルフィーネの不在に気づいたとしても、もはや追いつけない。

どうする、とさらに焦りを覚えた時、耳に微かな声が聞こえた。

「……！」

振り返り、耳を澄ませる。

もしかしたら、自分の願望からの幻聴かもしれない、と思ったからだ。

「――シルフィーネ！」

「……ウォルフ？」

幻聴ではなかった。

しっかりと耳に届いた声は、スィーニにも聞こえたようだ。

驚いた顔で振り返り確かめた。

「思った以上に早いな。君の夫は異常だ」

「……そうよ、私の夫は、規格外なんだから」

にこりと笑って言えば、顔を顰めたスィーニに少し溜飲(りゅういん)が下がる。

スィーニは素早くシルフィーネの後ろに乗り、馬を走らせようとした。

その時、振り向いた視界に、森を抜けたウォルフが見えた。

「シルフィーネ！」

「——ウォルフ！」

馬を走らせるスィーニの陰から、必死で叫んだ。

ウォルフは鞭打(むちう)って馬を速めてぐんぐん追いついてくる。森の中で馬を走らせるなんて、余程の腕と馬でなければできないことだ。

けれどそれをやってのけるのが、ウォルフなのだ。

ウォルフの後ろから、何人もの男たちが走ってきているのも見える。その中に白馬があり、アレクシスも追いかけているのだと知った。

「待てスィーニ！　俺の妻をどうするつもりだ！」

「シルフィーネはクラン・アルフのものだからね！」

ウォルフの叫びに、逃げながらスィーニも答える。

それがまたウォルフの逆鱗に触れた。

「俺の妻を奪っておいて、ただで済むとは思うな！」

ウォルフの気迫を感じて、シルフィーネは大人しく乗っているのが嫌になってきた。

自分のために力のかぎり追いかけてくれるウォルフ。

シルフィーネのために怒っているウォルフ。

彼だけに任せて、何もできない自分でいたくはない。

シルフィーネは湖のような池の水面に目をやる。地面に落ちるよりは痛みが少ないだろうし、濡れたシルフィーネを連れて移動するのはスィーニにとっても面倒だろう。

何より、シルフィーネを縛った縄を持っているのがスィーニなのだ。一緒に落ちてくれるかもしれない——そう考えると同時に、動いた。

「——なっ?!」

ずるり、と走る馬から滑り落ちるように傾き、シルフィーネは一気に水面に向かって落ちた。

「何を——！」

縄を持っていたスィーニは慌てて手綱を引き、シルフィーネと繋がる縄と走ろうとする馬とを比べて一瞬迷ったものの、縄の方を離した。

シルフィーネはそれにほっとしながら水の中に落ちる。

「……っ！」

冷たい、と思ったが、足から落ちたおかげで溺れることはなかった。ずぶ濡れにはなったけれど、岸に近いせいか深くはないようだ。

そして一瞬、止まりかけたのが功を奏したのか、瞬く間にウォルフはスィーニに近づき、腰にした剣に手をかける。

「――殺すな、ウォルフ！」

そう叫んだのはアレクシスだ。

鬼気迫る顔でスィーニを睨んでいたウォルフだが、その声は届いたようだ。

剣の柄を離し代わりに鞭を振り上げた。

「――あっ！」

シルフィーネが気づいたけれど、遅かった。

ウォルフは一息にスィーニに近づき、その鞭を振り下ろした。

「――！」

その衝撃に、スィーニは耐えることなく馬から落ちた。

そのまま馬は走り去り、ウォルフも自分の馬を止めて地面に倒れるスィーニを睨みつける。

そうして、後続が追いつき、クラン・テュールの者がスィーニを捕まえようとすると、ウォルフがシルフィーネに駆け寄った。

「――大丈夫か、どこが痛い」

腕を縛られたまま、ずぶ濡れで岸に座っていたシルフィーネに、壊れ物のようにウォルフは触れようとするけれど、実際のところ痛みなどあまり感じていない。

むしろ、先ほどの衝撃からまだ立ち直っていなかった。

「どうした、シルフィーネ？」

「……大丈夫ですわ」

痛いのは身体ではなく、頭のような気がする。

ウォルフがすぐに縄を解いて、手が自由になったからなおさらだ。

シルフィーネの視線の先に、スィーニがいるのに気づいてウォルフが遮った。

「あんな男を見るな」

「そうではなくて……」

「大丈夫かい、シルフィーネ？」

どう説明をしたら、と考えていたところで、アレクシスが馬から下りて近づいてきた。

「大丈夫ですわ、アレクシス様」

「よく我慢してくれた、ウォルフ。スィーニにはクラン・アルフについて聞きたいことがあったからな、できるだけ話せる状態で捕らえたかったんだ」

「クラン・アルフが何か？」

「まだはっきりとは何も。ただ、いくつか気になるところがあって……まぁそれよりも、君の身の方が心配になってきたな」

「ひどいですわ、アレクシス様！　ウォルフになんてことをさせるんですの！」

苦笑するアレクシスに、シルフィーネの溜まった怒りが吐き出される。

まぁ仕方ないだろう、と抑えるアレクシスに、状況のわかっていないウォルフの眉間に皺が入った。

「――なんの話をしているんだ、シルフィーネ、王子？」

「それは……」

シルフィーネが言い淀むと、アレクシスは肩を竦めただけだ。

そこに聞こえたのは、クラン・テュールに縛られようとしていたスィーニの声だ。

「ウォルフ様……！」

それはどこか嬉々としていて、慌てて振り返る。

縛ろうとした男たちが躊躇して、動きを止めたのを機にスィーニは鞭で打たれた身体をずるずると這うように動かし、ウォルフに近づこうとしている。

「こっちに来ないでくださいませ、スィーニ！　早く捕まえてしまって！」

シルフィーネが叫ぶと男たちは思い出したように動き出したが、あまりにスィーニの動きが異常に見えて躊躇っていたようだった。

スィーニは男たちの縄を見ても、目を煌めかせた。

「それで私を？　どうぞ！　早く縛ってくれ！　ぎゅうっと力いっぱい……いや、じわじわと力を入れてもらうのも捨てがたい……！」

「…………………」

スィーニの懇願に、誰もが声をなくした。

シルフィーネは見ていたくない、と視線を外し、アレクシスも同様に明後日の方を向いている。

その間にスィーニはウォルフに縋ろうとしていた。

「ああ、ウォルフ様……！　あの強い鞭、あれでもう一度、もう一度私をぶってくれ！」

「…………な」

ウォルフが先ほどまでの怒りをどこかに置き捨て、呆然とスィーニの変わり果てた姿を見て言葉をなくしている。

麗しい顔で目を輝かせ、必死に縋ろうとするスィーニに、シルフィーネはいち早く気づきウォルフを自分の方へ引っ張った。

「こっちに来ないで、スィーニ！　私のウォルフに手を出さないで！　早く彼を縛りなさい——いいえ、喜ばせてはだめ！　袋に詰めてしまいなさい！」

「袋詰め……っ？　シルフィーネ、君には興味ないがなかなかいいことを言うね……」

「もう黙りなさい、スィーニ！」

うっとりと恥じらうスィーニに、こちらの頭がどうにかなりそうだった。

この変態を、誰かどうにかしてほしい。

しかし、これでウォルフにもわかっただろう。

スィーニの異常な言動に、男にだけ縋り、暴力を願う姿をシルフィーネがいかに嫌っているかを。

「アレクシス様！　早く彼を引き取ってくださいませ、ここに連れてきた貴方の責任ですわ！」

「ううーん……クラン・テュールに任せたいな……」

アレクシスの騎士たちも渋っていた。

それでも、クラン・テュールの者に任せてしまうのはスィーニを喜ばせてしまうだけだろう。

スィーニを縛り上げ、何も言わないように口も布で塞いでしまってから、状況は落ち着いたように動き出した。

クラン・テュールの者たちは衝撃が強かったようで、縛られて嬉々として連行されるスィーニを遠巻きに見ているが、どうにか頭が働き始めたようだ。

そしてスィーニを信じてしまった者たちは、後悔している頃だろう。

ウォルフは視界に入れないことにしたのか、濡れたシルフィーネに上着を着せて馬に乗せ、自分は横を歩いている。

シルフィーネの姿をどうにかしたいが、森の中をシルフィーネを乗せて走るのは危ないと判断し、皆と歩調を合わせて帰ることにしたのだ。

シルフィーネはそこでようやく、助けに来るのが早かった理由を聞いた。それはシルフィーネを連れ去るところを見ていた者がいたかららしい。

どうりで、すぐに追いかけてこられたはずだ。

「お前が傷つけられたら、あいつを切り刻んでやるつもりだった」

「あんなものを斬ったら大事な剣がさびついてしまいますわ」

スィーニの正体を知ってからは、ウォルフもなんとも言えない顔になっている。その通りかもしれない、と思ったのだろう。

しかしどこか沈んだ表情なのは、シルフィーネをまんまと攫われたことを悔やんでいるからに違いない。シルフィーネは、助けてもらえたのでなんとも思っていないのだが、ウォルフが気にしていることが辛い。

どうにか気持ちを浮上させてほしいと、少し考える。

「……あの」

「なんだ」

「……えっと、その」

「どうした、シルフィーネ」

珍しく言葉を探し口ごもるシルフィーネを心配するウォルフに、シルフィーネは心を決めた。

「あの……助けてくださって、ありがとうございます、ウォルフ。嬉しかったですわ」

「……」

「馬に乗って駆けつけてくれる姿、物語で読んだ騎士のようでしたもの。アメリア様なら一目で恋に落ちたかもしれません」

嬉しかったのは事実だが、それをはっきりと口にするのは恥ずかしい。

だが感謝するのは大事だ。どうにか気持ちを伝え、ウォルフの気を晴らすことができれば、と願って言ってみると、ウォルフの低い声が聞こえた。

「……お前はどう思ったんだ。俺の妻はアメリア様ではない」

問われて、シルフィーネはウォルフから視線を外す。

気持ちは決まっている。

ただ、素直に言うことが恥ずかしくなったのだ。

「……その、す、素敵でしたわ」

「…………そうか」

「…………ええ」

頷いたウォルフに、どうにか伝わったようだとほっとする。

そして気づくと、周囲を護るようにしていたはずのクラン・テュールの者たちが一斉に視線を外していた。

どうしたのか、ときょろきょろと見渡してみても、誰一人としてシルフィーネと視線を合わせない。

まだ嫌われているのかしら、と考えながら、黙っているのも困って違う話を向ける。

「……そういえば、どなたが私を見つけてくださったの？」

スィーニに攫われるところを見た人がいたのは僥倖だろう。おかげでウォルフが間に合ったのだから。お礼を言わなければ、と考えると、ウォルフが眉根を寄せながら教えてくれた。

「コーラだ」

「……えっ」

その名前に驚いたものの、間違いではないらしい。

「あれはお前が直接始末する、と聞いて戦々恐々としていたらしい。それにシルフィーネを騙したとして、周囲からも距離を取られひとりでいることが多かったようだ。今日も山菜を集めにひとりで森にいたらしい」

「そうだったんですの……あの方が」

初対面からはっきりとシルフィーネに敵意を見せていた彼女だが、何か思うところがあったのだろうか。

結果的にウォルフを敵に回してしまったのだ。この狭いクランの中でつまはじきにされるのは結構な罰になったのかもしれない。それにしてもやはりコーラの仕業だと知っていたのか、と改めて思ったが、始末をシルフィーネに任せてくれているウォルフの信頼が嬉しい。

「それにしても、いつコーラに罰を与えるのかと思っていたが……忘れているわけではないだろうな？」

ウォルフに確かめられて、シルフィーネは馬上で笑う。

「まぁ、そんなはずはありませんわ。罪を犯した者には、自分が何をしたのかしっかりと思い知ってもらわないと。罰を与えるのはそれからです」

「…………そうか」

「ええ、そうです」

にこやかに答えたつもりだが、今度はウォルフもシルフィーネと視線を合わせてはくれなかった。

心なしか、周囲の沈黙も先ほどのものとはどこか空気が違うように感じる。

どうしたのだろう、と首を傾げながら、シルフィーネは自分の村が見えてきたことにほっとした。

自分の村。

シルフィーネのクラン。

シルフィーネは、ここで新しく暮らしていくことに、なんの疑問もなくなっていた。


村に帰ると、後始末に忙しくなった。

シルフィーネが攫われたことで、村は騒然となり大変な騒ぎになったようだ。

幸いにもコーラがすぐに報告してくれたため、シルフィーネは事なきを得た。スィーニは縛ったまま隔離して放置してある。人と接触しないように、見張りも立ててあるようだ。

コーラはシルフィーネを救ったひとりとして、また仲間に戻れたようである。むしろこれから罰を与えられるとわかって、周囲から気遣われているようでもある。

シルフィーネを攫うのが目的だったスィーニを信じていた長老衆やハバリはすっかり小さくなり、自分たちの考えが一方的だったと思うようになったようだ。

すぐに考えを変えるのは無理だろう。

シルフィーネだってそこまで急いではいない。

まだ嫁いできたばかりなのだ。時間はこれからまだまだある。ゆっくりとつき合って、クラン同士の憎み合いもなくしていくつもりだ。

道は長いけれど、楽しそうだわ、とシルフィーネは笑った。

「どうなさいました？」

ずぶ濡れになったシルフィーネは、すぐに湯殿に向かわされた。

急いで沸かした湯に浸かり、ほっとしたところでエルマに声をかけられる。

ウォルフは外でまだ事態の収拾をつけているところだ。その間、シルフィーネの世話を久しぶりにエルマがしてくれている。

「なんでもないけれど——想像と違ったわ、と思ったの」

「何がです？」

「結婚よ」

最初は、本当に結婚するとは思っていなかったかもしれない。

いつかするのだろう、と思っていた、相手がアレクシスでもスィーニでもない結婚。王命で政略結婚となったけれど、自分にすることがあると思うと、シルフィーネはとてもやる気になっていた。

どこかに嫁ぐだけよりは、必要とされていると思えるからだ。

自分の容姿が異様に目立つことはわかっている。自分では普通のつもりでも、どこに行っても振り返られるほどの姿をしていると思うと、化け物と変わらないのではと感じるものだ。

そのせいでクラン・アルフに狙われるのも勘弁してほしかったし、この顔しか求められないのも悲しかった。

だからハイトランドの平穏のため、クラン・デセベルとクラン・テュールの橋渡しのひとつとなれるのなら嬉しかった。

困難なものだろうし、すぐには解決しないものだろう。夫となる相手だってどんな人なのかまったく知らなかったのだ。

しかし結婚してみれば、想像していたすべてが違った。

いい方にも、悪い方にも違った。

何より、ウォルフは想像していた夫ではなかったのだ。

ではどんな夫を想像していたのか、と聞かれると困るくらい何も考えていなかったのだが、まさか夫を好きになるとは、シルフィーネは想像もしていなかったのである。

シルフィーネが何を考えているのか、エルマにもわかったようだ。

「話を聞くのと、実際のものとは違ったでしょう？」

苦笑されて、シルフィーネも笑ってしまう。

「そうね……違ったわ。何もかもが……あれが普通なのかしら、エルマ？」

「……それは、本当に、人それぞれですので……」

問われて、エルマの方が顔を赤くしていた。

確かに、シルフィーネも説明しろと言われても無理だった。

それから髪まで乾かし、簡単に食事を摂ってしまう頃にはすでに夜になっていた。ようやくウォルフも帰ってきて、エルマは交代とばかりに出て行ってしまう。

「食事は？」

「済ませましたわ。ウォルフは？」

「外で摂った」

「アレクシス様たちは……」

「明日スィーニと一緒に王都に向かうので、もう休まれた」

「では……」

「シルフィーネ」

他に確認を、と探していると、ウォルフの強い金の瞳で見つめられていることに気づく。

どうしたのか、と首を傾げると、次の瞬間その腕の中にいた。

「ウォルフ？」

痛いくらい、強く抱きしめられている。

「……もう二度と、俺から離れてどこかに行くな」

そんなことを言われても、とシルフィーネは困った。

攫われたくて攫われたわけではないし、用があるのならウォルフから離れることもあるだろう。

しかし強い腕が小さく震えていることに気づいてしまい、シルフィーネはその腕の中で大人しく胸に額を寄せる。

「貴方を置いてはどこにも行きませんわ。勝手に攫われないように、気をつけるつもりです」

「常に誰かと一緒にいるようにしろ。決してひとりになるんじゃない」

「それでは言っていることがお父様と一緒ですわ」

つい笑ってしまったが、ウォルフは深いため息をついた。

「お父上の気持ちがわかる。生きておられたら、お前のことで話が合ったに違いない」

「……まぁ、お父様はひとりで充分ですわ」

父は過保護だった。

兄だって過保護なのだ。

これ以上、過保護は必要ないだろう。

ウォルフの腕がぎゅっとさらに強くなった。

「そうだな、俺は……お前の夫だ。父になりたいわけではない」

「ええ、貴方は私の旦那様ですもの」

「では、旦那らしくお仕置きをするとしよう」

「……えっ？」

聞き間違いか、とシルフィーネは顔を上げたけれど、そこにあったのは不穏に笑う夫の顔だった。

ウォルフは簡単にシルフィーネを抱き上げ、寝台に運んでしまう。

「勝手に攫われた罰を与えねばならないだろう」

「え……っえ?! どうしてですの？ 私が悪いんですの?!」

「もちろんだ。お前が綺麗なのが悪い。黙って俺に愛される罰を受けろ」

「――――！」

やはりウォルフは、シルフィーネの心をどうにかしてしまうつもりだ。

ウォルフの愛撫は、最初から執拗だった。

丁寧と言えば聞こえはいいが、しつこいとすら思い始めてもいる。

これが普通なのだろうか？

シルフィーネが疑問に思うほど、くたりと四肢を投げ出してしまうまでウォルフの手は、唇は止まらない。

「あ……っん、ん！」

またびくりと震えたのは、ついさっき達したばかりだというのにウォルフの唇が秘所から離れず、舌がその奥を擽り続けるからだ。

知らず涙が零れても、ウォルフが舌で舐め取ってしまうように、愛液が滴っても吸い上げて舐めてしまう。

そんなことをしないで、と言ってもウォルフは止まらない。

まだウォルフは一度も達していないのに、すでにシルフィーネは身体中が火照って持て余している。

「もう……もう、いい加減に、してくださいませ……っ」

「お前が乱れるのを見ると、興奮してやめられなくなる」

「……っ変態と呼びますわよ！」

「変態ではない。俺をアレと一緒にするな」

アレ、と言われて思い出したくないものを思い出し、シルフィーネも顔を顰める。

「……アレと一緒に一晩いて、本当に大丈夫でしたの？」

「……やめろ。思い出させるな」

激しく顔を顰めたウォルフに、何かあったのかと不安になってくる。

「ウォルフ？」

「何もない。何もされていない――何もしていないからな？」

アレの性癖を思い出し、真剣に言うウォルフが可愛くてつい笑ってしまった。

「いろんな嗜好の方がいらっしゃるのは、淑女の会で教わっていますわ。きっとアレも、その中のひとりなんでしょうけれど……自分に関わらないでほしいと願うばかりですわ」

「そうだな……しかしその淑女の会とは……いや、聞かないでおこう」

ウォルフは何かを振り切るように、シルフィーネへの愛撫を再開した。

「あ、あ……んっ」

「お前はどこもかしこも、美味いな……飽きることなく舐め続けられそうだ」

「ん……っもう、汚い、ですわ、本当に……っあ、ああっ」

シルフィーネが抗議の声を上げると、ウォルフはおもむろに脚を抱えて自分の腰を進めた。

そして一息にシルフィーネを貫き、息を吐き出す。

「……ああ、本当に、ぴたりと重なるな」

「ん……っん、ウォルフ……大きい、ですわ」

ぴたりどころか、シルフィーネを圧迫して苦しい。

文句を言いたくて睨んだのに、見下ろしたのは欲望に光る金の瞳だ。

「く……っ煽るな、シルフィーネ」

「あ、ああぁんっ」

ぐん、と強く最奥を突き上げ、一番の高みが近づけばもうそこに向かって走るしかない。

苦しいけれど、その先を知ってしまったシルフィーネも途中で止められることの方が辛い。

る。

その声がどれほど甘く聞こえるのか、シルフィーネ自身も恥ずかしくなるくらい知ってい

強いウォルフの律動に、ただひたすら声だけが零れる。

「あっあっあっ、あんっ」

そしてその声で、ウォルフを呼ぶと彼が喜ぶことも、知っている。

「あっ、ウォル、ウォルフ……っす、すき、すき……っ」

「――――っ」

ウォルフが息を呑んだ音が聞こえた。

「離さないで、ずっと……っ！」

激しい突き上げの後に、真っ白な光に包まれるような快楽があった。

気持ちよくてどうにかなりそう、と頭が真っ白になってしまうのだ。苦しいけれど、ウォルフが与えてくれるこの悦びを知らなかった頃には戻れない。

自分の一番深いところで、ウォルフから吐き出された熱を受け止めて、それすら嬉しくなる。

息も荒く、苦しそうに顔を歪めるウォルフに縋りつきながら、対照的に微笑んだシルフィーネに、達したウォルフはゆっくりと顔を上げ、短い赤茶色の髪をざらりと撫で上げて欲望に燃える視線で睨んだ。

「……お前は、俺を殺すつもりか」

「…………」

そんなことはしてない、と言いたかったけれど、あまりの視線の強さにシルフィーネは言葉をなくした。

そして、何やらひどく煽ってしまったようだ、とは理解した。

何か言わなくては、と必死に考え、シルフィーネは口を開く。

「あの……今日は、もう、お疲れでは？」

しかし返ってきたのは不遜な笑みだ。

「心配するな。三日三晩、続けられる体力は持っている」

そんな体力は持っていない、とシルフィーネが主張したかった。

ウォルフはそれもわかっているようだ。

「これからお前にも体力をつけてもらうからな。とりあえず、少しずつ時間を伸ばして慣らせば、いつかは……」

三日三晩続くの?!

絶対そんな未来は困る、と思ったのに、シルフィーネに拒否の声は上げられなかった。

苦しさと、甘さを含んだウォルフの口づけに翻弄されて、また何も考えられなくなったからだ。

ずるい、と思ったけれど、これが自分の夫なのだ。

そう思うと、いつかすべて許してしまいそうな自分に気づいた。

結婚した相手が、ウォルフでよかった。

ちょっと無茶を言う旦那様だけれど、幸せになれることは確かだと思うと、シルフィーネはしばらく蜜月が続いてもいいかも、と思う。

大変な相手がウォルフなら、なんだってできそうな気がした。

終章　終わりの布陣

金色の平原を前に、向かい合う者たちがいた。

ずらりと並ぶそれらは、勇ましさを見せ、戦いに臨む集団にしか見えなかった。

武器こそ手にしていないけれど、今にも襲いかかりそうな雰囲気を漂わせる様子は、緊迫した空気を広げていた。

双方、四、五十人ほどの人数が向かい合っている。

戦に赴くような険しい顔をしていながら、彼らの腰にあるのは縄と、鎌だ。

武器と言えば武器だけれど、それを構える彼らの格好も軽装だった。

鎧（よろい）ひとつ着けておらず、むしろそんなものは重いと脱ぎ捨てた状態だ。

彼らのちょうど真ん中で、手を上げる者がいた。

互いにそれを見つめ、今か今かとその手が動くのを待っている。

「……では――始めっ！」

振り下ろされた手と合図に、一斉に勇ましい声を上げて彼らは襲いかかる。

目の前の麦畑に向かって。

「うおお！　刈れ！　刈るんだ！」

「一房でも多く刈れ！」

「秩序よく動け！　無駄を省け！　列を乱すな！」

「手を止めるなよ！　速さが命だ！」

「この程度、クラン・テュールにかかればすぐだ！」

「慣れていない蛮族など敵ではない！　クラン・デセベルの底力を見せよ！」

男たちは盛大に罵り、叫び、激しく動きながら、麦を刈り取っていった。

豊かに実った麦の穂は、今年も例年通りの収穫ができるようだった。

いつもと違うのは、まるで戦のように猛った男たちが先を争って収穫作業をしているところだ。

「……面白いのかしら」

その様を見ながら、シルフィーネはぽつりと呟いた。

半ば呆れてもいる。

エルマがそれを聞いて、どうしようもない子供を見るような顔で笑った。

「楽しそうではありますね」

他の侍女も言う。

「いいんではないでしょうか？　他の者の作業が楽になります」

「そうですわ。あっという間……本当に、力業ですけれど」

力の有り余っている男たちが、相手に負けてはならぬという熱意だけで大きな畑を両側から刈り取っていくのだ。

見る見るうちに畑には何もなくなっていく。

早く片づくのはいいことだ。

毎年、収穫の時期には大勢の人手と時間を必要とする。

しかしハイトランドの食糧庫のひとつであるクラン・デセベルでは大事なことだった。

ただ今年は、人手が倍になってしまっただけだ。

憎み合っていると知られたクラン・デセベルとクラン・テュールだが、領主の結婚という結びつきにより、諍いを止めた。

それでも人の気持ちは簡単には割りきれず、昨日まで嫌いだったものを今日から好きになれというのも難しい。

それくらいわかっているからこそ、その思いを違うことに使おうとしたのが目の前の収穫争いである。

畑の両側から攻めていき、多く刈り取った方の勝ち。

そんな勝ち負けでいいのか、と思うのだが、彼らは真剣だ。

農作業をする者にとってみれば助かるの一言なので、サラディンも文句はない。というより、兄も面白がって参戦中だ。

相手側には、もちろんウォルフも混ざっていた。

「先月は猟大会だったのよ」

舞台は、もちろんクラン・テュールのデナリの森だ。

侍女のひとりが面白そうに聞いてくる。

「どちらが勝ったんですか？」

「兎一羽の僅差で、クラン・テュールよ」

自分たちの力を見せつけた、と喜ぶクラン・テュールだったが、本業のくせに僅差だとは、と侮られ盛大な文句の言い合いになっていた。

最後には子供の喧嘩のようになるので、シルフィーネもう放置するのが正しい対処方法だと思っている。

あれでいて、うっ憤を上手く発散させているのだろう。

そして今回はクラン・デセベルでの収穫合戦だ。

やはり慣れのせいか、少しだがクラン・デセベルの方が早い。

それはそれで、言い合いのもとになるのだろう。

騒がしいけれど、静かに睨み合うよりはましだ。

それに顔を見慣れてくると、会話をする相手も増えていくようで、以前のような険悪な雰囲気が薄れている。

喧嘩するほど仲がいいってこういうことかしら。

シルフィーネは盛り上がっている両クランを前に、目的は達成されたと思っていいのかと考えていた。

この政略結婚の使命であった、クラン・デセベルとクラン・テュールの結びつきだ。

「それよりシルフィーネ様、体調はどうですか？」

「気分はどうです？」

侍女たちに心配されて、シルフィーネは自分のお腹につい手を当ててしまう。

少し膨らみ始めたそこには、結びつきの証が実っていた。

優しく撫でて、笑った。

「大丈夫。つわりの時期は終わったようなの」

「よかったです」

「でもシルフィーネ様は細いから、心配です……」

その心配を一番しているのは、他の誰でもないウォルフだ。

子供ができたとわかった時は誰より喜んだものだが、大きなウォルフの子供を小さなシルフィーネが産むとわかると心配しかしなくなった。

それにつわりで物も食べられなくなると、自分の方が倒れてしまいそうなほど青い顔をしてシルフィーネを困らせていた。

「大丈夫よ。お母様だって、小柄だったけれどお兄様と私を産んだんですもの」

「そうですが……」

母より儚く見えるシルフィーネを、誰もが心配する。

けれど、シルフィーネは何も心配していない。

一際歓声が大きくなった。

どうやら決着がついたようだ。いつもの収穫より断然早い。これなら毎年やってほしいものである。

そしてやはりクラン・デセベルが勝ったようだ。喜びと罵りの声が混ざり、また騒がしくなる。次は何で戦うつもりなのか。

その騒がしい中から、大きな男が歩いてきた。

他の者と同じように動きやすく軽装ではあるが、他の誰よりも逞しい。

褐色の肌に、強い想いの溢れる金の瞳。赤茶色の短い髪は光に透けると金色に見えた。

大きくてしなやかで、頼れるシルフィーネの夫だった。

「大丈夫か？」

そして最近の口癖が、これだ。

シルフィーネを心配してくれるのだろうけれど、しつこいと辟易してしまう。

しばらく「大丈夫」と聞くと罰を与えるようにしようかしら。

そんなことを考えていると、ウォルフが目の前に座って視線を合わせた。

「シルフィーネ？」

大きな手がシルフィーネのお腹に触れ、もう片方の手が頬を撫で、髪を梳く。

それにシルフィーネは笑った。

「どうした？」

「いいえ——幸せだわ、と思いましたの」

ウォルフは目を瞬かせた後で、金の瞳を細めた。

シルフィーネの好きな笑顔だった。

「俺もだ」

その言葉だけで、シルフィーネは使命を全うした、と確信した。

あとがき

最近、夜の八時には睡魔に襲われる今日この頃。こんにちは、秋野です。

ソファだろうと椅子だろうと座っていると愛猫が重石となって膝に（時々脇に）丸まり、さらに動けなく！　幸せだなぁ、と思いながらもたとえ三キロない愛猫でも一時間以上乗っているとずっしり感じてしまうもの。耐えます。耐えてこそその先に……！何があるのか。幸せかな。それしかないです。それで満足です。重石がどいた瞬間に訪れる解放感をじっと待っているのもなかなか楽しいです。…………私愛猫にMにされてしまったんでしょうか。愛猫の奴隷であることは間違いないんですけど。

そんな日々を送っている、年々体力のなくなっている私ですが、今回なんと、あとがきが三ページも！　あるということなのでもう少し猫の話をしたいと思います。

我が愛猫バロンさん（メス。四歳。小さめヒョウ猫）はとても寂しがり。帰りがいつもより一時間遅くなっただけで「遅いにゃー」と出迎えてくれる。まぁいつも出迎えてくれるんですけど。ちょっとトイレに、でもついて来る。丸くなって寝ていても、同じ部屋に私がいなくなると捜しにやって来る。お風呂に入っていてもドアの外で待つ始末。おかげでトイレもお風呂もドアを開けて迎え入れます。お風呂は自分が入れられるのでなければ気楽に入って来ます。そして洗い場を一周し、湯舟を覗き込み、満足したら濡れた足のまま出て行きます……そこはマットで拭いてほしかったバロンさん。よく廊下に濡れた足跡が残ってます。それはそれで可愛いので、怒れません。

何故か粗相も多いので、布製品のある部屋にひとりで放置できないのですが（ソファとか。コタツももう何年も出してないな……）躾ってどうやるんですか？　てくらい可愛いので、どうしようもないです。一応「こりゃ！」って怒ってみても、つぶらな瞳としょんぼりした声で「にゃー」と鳴くだけでこっちがノックアウト。

だめな飼い主……でもいいんです。愛猫にこの先も振り回されることが幸せなので。

そんな私に新しい一冊です！

二冊目が出るとは私が一番思っていませんでした。

ふたたび、ハイトランドのシリーズを手にしていただきありがとうございます。

前巻「あぶない騎士に溺愛されて!?」（宣伝です）の同じ国の違うクランのお話です。

そしてやっぱり絵って破壊力ありますね。妄想のイメージが現実に見えるこのトキメキ！　どうしてくれよう。潤宮るか様！　格好いいウォルフと可愛すぎるシルフィーネをありがとうございます！　幸せです……愛猫に引き続き。

可愛いシルフィーネ、もっとお嬢様っぽいところを見せてもよかったのかも。格好いいウォルフ、実はＤＴ野郎なんて裏話はどこで出してやろうか、とかもまだ考えています。

書き終わってもまだ続きを妄想し続けていられるのは、作者の特権でしょうか。書くのも遅い私のおかげで担当様には迷惑をかけっぱなしですが、本当は倍くらいのどうでもいい話を書いてみたかった。

最後に、この本を手にしてくださった貴方にめいっぱいの感謝を。

ありがとうございます。気位が高いようでいじめがいのある素直なシルフィーネと、偉そうにしながら妻にメロメロになってしまってるウォルフ。あと今回も脇役だったアレクシス。彼らを一緒に愛してくだされば幸いです。

またいつか、このハイトランドの世界で会えることを願って。

秋野真珠

本作品は書き下ろしです

秋野真珠先生、潤宮るか先生へのお便り、
本作品に関するご意見、ご感想などは
〒101-8405
東京都千代田区神田三崎町2-18-11
二見書房　ハニー文庫
「蜜色政略結婚　～不器用領主の妻迎え～」係まで。

蜜色政略結婚
～不器用領主の妻迎え～

【著者】秋野真珠

【発行所】株式会社二見書房
東京都千代田区神田三崎町2-18-11
電話　03(3515)2311［営業］
　　　03(3515)2314［編集］
振替　00170-4-2639
【印刷】株式会社 堀内印刷所
【製本】株式会社 村上製本所

落丁・乱丁本はお取り替えいたします。
定価は、カバーに表示してあります。

ISBN978-4-576-20049-1

https://honey.futami.co.jp/

秋野真珠の本

あぶない騎士に溺愛されて!?
～ハイトランド王女の極甘婚～

イラスト=潤宮るか

国を継ぐ気でいた王女アメリア。しかしまさかの降嫁！
さらに初対面のはずの夫リクハルドは、異常なほどアメリアを愛していて!?

甘くとろける蜜の恋☆濃蜜乙女レーベル
Honey Novel
女剣闘士は皇帝に甘く堕とされる
Novel 吉田 行
ハニー文庫最新刊

甘くとろける蜜の恋☆濃蜜乙女レーベル
Honey Novel
気になる貴公子は神出鬼没!?
真下咲良
Kininaru kikoushi wa shinsyutsukibotsu!?
炎かりよ

深森ゆうかの本

公爵様は変わった趣味をお持ちですが、好きなんです!

イラスト=鳩屋ユカリ

貴族令嬢ながら修道院で育ったクレリアは、若き公爵フィデルに嫁ぐことに。
でも彼にはとんでもない嗜好が…。誤解と波乱の結婚生活!